ロイエンタール
ハイデマリー

モア
メルル

「これは、僕とマリアンヌ様との仲を引き裂く、王都の王族や大貴族たちの陰謀なのです」
「そうなのですか？」
フランソワ
スタリオン
マリアンヌ王女

婚約者に裏切られた錬金術師は、独立して『ざまぁ』します2

Y.A

ぶんか社

C O N T E N T S

第一章　残念なスタリオン

「あの……俺が上席でいいんですか？」

「現実問題として、今の商業都市ダスオンにおいて一番腕のいい錬金術師はお主なのでな。その事実が動かない以上、本日の会合ではお主が上席となる」

「というわけだ。ところでもうモアに手を出したか？　早く出してくれよ」

「モアの父親として、その発言はどうなんです？」

「俺は心から、娘の幸せを願っている父親だぜ。もしモアがスタリオンと結婚したいなんて言い出したら、殴ってでも止めるくらいのな。そういえば、今日あいつはちゃんと来るのかね？　職務怠慢でロイエンタール様から呼び出しを食らっているから、フランソワを代理で出してお茶を濁す方があいつらしいとも言えるが」


今日は、商業都市ダスオンの運営と開発で重要な役割を担っている者たちが集まる臨時の会合が開かれていた。

この会合を主催したのは、現在商業都市ダスオンにおけて最大の権力を持つようになったロイエンタール侯爵である。

他の参加者は、東地区のトップにして商業都市ダスオンおいてナンバー2であるブリマス伯爵……はまだ十三歳であるため、その母親であり前当主夫人ベティが後見役として同席しており、実質彼女がブリマス伯爵家の代表という扱いだ。

他にも商業ギルドの幹部たちや、指定錬金術師たち、オブザーバー扱いでレザーハン工房のご隠居も参加しているのは、錬金術師が町の維持と拡張に必要不可欠であったからだ。

　そして今日の課題は、一向に進まない東地区の復興についてであった。

東地区は、ゾンビ波と浄化の過程で使用された忌避剤の副作用で巨大なアンデッド玉が発生し、町を大いに踏み荒らしたので、破壊されたインフラ、家屋、施設などが多かった。

　それらの修繕も含め、ロイエンタール侯爵はブリマス伯爵家の動きが遅いと判断した。

当然だが、東地区の復興に必要な錬金物をちゃんと供給できていないザブルク工房の主スタリオンも呼ばれている。

　錬金術師の力量は様々なので、普通はそんな理由で貴族に叱られるわけがない。

ところがザブルク工房は東九地区の指定錬金術師であり、指定がついている以上、権利もあるが義務も存在している。

　ザブルク工房が指定錬金工房に指名されたのは、我が師ボルドーが生きていた時であった。

　彼の死後、俺はザブルク工房が指定錬金工房でなくならないよう努力した。

　その甲斐もあって、ザブルク工房は指定錬金工房であり続けた。だが俺はいなくなり、突然技量が怪しいスタリオンがザブルク工房の主になってしまったのに、色々な偶然が重なって指定を外されていなかった。

　そのせいで今、東地区に住む人たちはゾンビ波で被害を受けた東地区の復興が進んでいないという被害を被っている。

　ベティ夫人繋がりでブリマス伯爵家と関係を強調するくせに、ザブルク工房はちゃんと仕事をしておらず、そんなブリマス伯爵家とザブルク工房にロイエンタール侯爵が苦言を呈するのが、今日の会合の目的であった。

正直公開処刑みたいなのでいい気はしないが、ロイエンタール侯爵によると、これまで何度も同じことを指摘してきたそうだ。

ところがいくら言っても糠に釘状態で、今日の臨時会合は最後の手段というわけだ。

「来たな……」

モアの父親であるオーエック工房の当主ルーバントさんがボソっと呟いたので前の空席を見ると、ちょうどそこにスタリオンが座るところであった。

久々に見るが、相変わらずのイケメンぶりだ。

フランソワという女性錬金術師は出席せず、自分でなんとかするみたいだな。

ザブルク工房の主はスタリオンなので、彼が出席して特におかしなことはないのだけど。

「みんな忙しいので始めるとしよう」

司会役のロイエンタール侯爵が、臨時会合の開会を宣言した。

「まずは、ブリマス伯爵に聞きたい。東一～五地区の、住民たちの帰還とアンデッド玉に圧し潰された家屋などの修復はいつ始まるのかね？」

俺はなんとなくそうではないかと思っていたが、ブリマス伯爵家は東地区の半分以上の復興に、まったく手をつけていなかった。

ゾンビ波以前に東地区の錬金術師たちが引き抜かれ、ゾンビ波のあとにも西地区に逃げてきた者たちも少なくなかった。

ザブルク工房にはフランソワがいるが、さすがに東六～九地区の維持で精一杯のようだ。

ブリマス伯爵家の屋敷と政庁も、通常なら一地区に置くべき屋敷を九地区に移していた。

現在、東一～五地区は無人のゴーストタウンと化しているのだ。

「よく言うわね！　小娘風情が！」

「ベティ様、ここは公の席でして……」

「あなたは黙っていなさい！　少しばかり運がよかったから侯爵になれただけの小娘が、栄誉あるブリマス伯爵家に対し、なんたる言い草！　身の程を弁えるがいい！」

「「「「「「「……」」」」」」」

ブリマス前伯爵は、先日のゾンビ波浄化に伴う軍事作戦で討ち死にしたという。

彼の跡取りが未成年のため、このオバさん……前当主夫人が後見役をしていた。

後見役なのでまともなのかと思えば……ただ前当主の妻だったから後見役になれただけ。

呆れるしかないほど、その対応が最悪なのだ。

「ブリマス前伯爵夫人、私は一時的とはいえロイエンタール侯爵家の当主なのだ。それを小娘扱いとは、その公的な地位に見合った言動をお願いしたいところだ」

まさか大声で「無礼にもほどがある！」とは言えない……言っていいと思うけど、それで状況が改善するわけではないのも事実だ。

なぜなら、ブリマス伯爵家の爵位と職は、王国政府が任命したものだから。

たとえこのオバさんが酷くても、ロイエンタール侯爵は彼女をクビにできない。

商業都市ダスオンの支配権をロイエンタール侯爵家のみで独占させないためであろうが、現在の東地区を見る限り、それは大失敗だと思う。

結局、東地区復興の遅れを解決できていないのだから。

唯一救いなのは、ロイエンタール侯爵は東地区に対し責任がないため、東地区の復興が遅れても責任を取らなくていいことであろう。

　ロイエンタール侯爵家は商業都市ダスオンにおいて一番の権力者なのだが、ブリマス伯爵家に直接命令できる権限はない。

　完全に法と制度の不備だと思うが、臨時会合に呼び出して苦言を呈するしかなかった。

「もう少し待てば、スタリオンがなんとかするわ。ザブルク工房が本気を出せば、東地区にだって、すぐ移動魔法陣板（トランスファーサークルボード）による交通網が普及するわ」

　まるで夢見る乙女（おとめ）のように、うっとりとした表情で語るブリマス前伯爵夫人。

　彼女もエリーやフラウさんと同類で、イケメンで優れた錬金術師であるスタリオンという幻想に酔っていた。

　スタリオン本人は、対面に座る俺にわかりやすい殺気を飛ばしているけど。

　どういう理屈なのかわからないが、彼は俺が錬金術師としては無能で、自分は才能に溢（あふ）れた錬金術師だと本気で思っており、この席に俺が指定錬金工房オットー工房の主として参加している事実自体が気に食わないのだ。

　どうしてそんな風に思えているのかって？

　俺はスタリオンじゃないからよくわからないな。

「それでスタリオン殿。ザブルク工房は、移動魔法陣板（トランスファーサークルボード）と切り替え器（チェンジアプライアンス）による交通網を東地区に整備できるのかね？　もしできるのだとすれば、これはすでに北、南、西地区に普及（ふきゅう）している交通システムとの同調が必要なのだよ」

　ロイエンタール侯爵がスタリオンに尋ねるが、彼女も彼が移動魔法陣板（トランスファーサークルボード）と切り替え器（チェンジアプライアンス）を錬金できるとは思っていないはず。

一応義務なので聞かなければならなかった、というのが真相であろう。

「移動魔法陣板(トランスファーサークルボード)と切り替え器(チェンジアプライアンス)ですか？　それをこのオイゲンが錬金したと仰る(おっしゃ)ので？　疑わしいですね」

「実際、北、南、西地区は、新地区まで移動魔法陣板(トランスファーサークルボード)と切り替え器(チェンジアプライアンス)を用いた交通システムが運用されている。なぜ貴殿はオイゲン君の実力を疑うのかね？」

「それは才能ある僕に比べ、オイゲンが錬金術師として無能だからですよ」

まるでカリスマ政治家のように、堂々と言い放つスタリオン。

見た目がいいというのは得で、もし俺を知らない人たちなら、本当に俺が錬金術師として無能だと信じてしまうだろう。

「そうね。そこのオイゲンという男は見た目も平凡で、スタリオンのような才能はないでしょう」

そして、それに同調するブリマス前伯爵夫人。

そりゃあこんな人がトップなんだから、東地区の復興が進まないわけだ。

フランソワという女性錬金術師は、かなりの実力の持ち主だと思う。

そうでなければ、数少ない錬金術師で東六〜九地区を維持できるはずがないのだから。

だがそれで限界なのも事実で、だから東一〜五地区は放置されたままなのであろう。

「では、どうして北、南、西地区には交通システムが存在するのかな？　お教え願いたい」

スタリオンとブリマス前伯爵夫人に尋ねるロイエンタール侯爵は少し怒っているように見えた。

詭弁(きべん)ばかり繰り返し、なんら状況が進んでいないからだ。

無駄を嫌う彼女からすれば、この二人は唾棄(だき)すべき存在なのだと思う。

しかもこの二人、東地区の実質トップと指定錬金工房の主だから性質(たち)が悪かった。

「同じ交通システムは王都にもあります。ロイエンタール侯爵様がそこから購入されたのでは？」

「王都にそんな余裕はないよ。ゾンビ波発生の前、特級錬金術師であるフライヤー殿が亡くなっているし、移動魔法陣板(トランスファーサークルボード)と切り替え器(チェンジアプライアンス)を錬金できる錬金術師などそうはいない。王都の交通システムは規模が大きいため、その維持に手間がかかる。他の都市や貴族の領地に売却する余裕なんてないさ」

「語るに落ちるとはこのことね」

「どういう意味ですか？」

突然、これでもかと言わんばかりのドヤ顔になるブリマス前伯爵夫人。

ロイエンタール侯爵は、わけがわからないといった感じだ。

「優秀な錬金術師しか錬金できない移動魔法陣板(トランスファーサークルボード)と切り替え器(チェンジアプライアンス)を、そこのオイゲンが錬金できるわけがないじゃないの」

この人は凄(すご)い……話の要点がまったく関係ない方向に向っている。

ロイエンタール侯爵は、ザブルク工房が東地区の交通システムを構築できるのかどうか聞いていたのに、なぜか他三つの地区の交通システムをどうやって導入したのかという話に切り替わっているのだから。

当然だがそんなことはどうもでよく、東地区は独力で交通システムの整備ができるのか聞いているだけなのに。

商業都市ダスオンにある四つの地区の中で、一つの地区だけに交通システムがないなんておかしいのだから。

ロイエンタール侯爵は、ブリマス伯爵家になんとかしろと以前から何度も言っていたのに、その回答がこれなので頭が痛いのだろう。

「三つの地区の交通システムに使われた移動魔法陣板（トランスファーサークルボード）、切り替え器（チェンジアプライアンス）の錬金をオイゲン君がやったのは確かだ。だからオットー工房は指定錬金工房に指名されたし、今日の臨時会合でも、錬金術師の中では一番の上席に座っている。そしてそれを他の錬金術師たちも認めている」

「そうだな。錬金庫専門のワシでは、錬金術師としてはオイゲンに勝てないことは明白なのでな」

「オイゲンが錬金した魔散薬（まさんやく）で命が助かった俺も、オイゲンには歯が立たないぜ」

ロイエンタール侯爵に同調するかのように、レザーハン工房のご隠居カトル爺（じい）さんとオーエック工房の当主ルーバントさんが言葉を繋いだ。

俺が上席に座っていることに納得しているのだと。

「でよ。かの高名なボルドー氏が経営していたザブルク工房を継（つ）いだスタリオン殿に尋ねるが、あんたは今日、オイゲンと同じ上席に座っている。てことは、移動魔法陣板（トランスファーサークルボード）と切り替え器（チェンジアプライアンス）を錬金できるんだろうな？　だったら早くしてくれ。俺たちもその周辺施設などで使用する、資材の錬金の都合ってのがあるんだからよ」

「一日も早く東地区にも交通システムを整備してもらい、他三つの地区の交通システムと同調すればこのダスオンはとても便利になるってものさ。そうなれば錬金庫の販売も楽になり、レザーハン工房も商売が広がるってものよ。だから、できないならできないと素直に言ってくれぬか？　時間の無駄だからな」

「いまだ無人の東地区の件もそうだな。オイゲンを追い出せる実力があるんだから、当然やれるんだよな？」

二人は、いまだなんら手を打っていないスタリオンに対し容赦（ようしゃ）がなかった。

「錬金術師風情が！　栄光あるブリマス伯爵家に意見するなど千年早い！　私たちとお前らのような下賤な平民とでは、生まれが違うのです！」

みんなでスタリオンを責め立てていたら、愛しい人のピンチだと思ったのであろう。

ブリマス前伯爵夫人が、とんでもない失言をしてしまった。

錬金術師風情って……。

そうでなくても、現在では優秀な錬金術師を国家間、貴族間、都市間で奪い合っている状態なのだから。

現に今、ブリマス伯爵家の横にいる家臣たちの顔面は蒼白状態であった。

「なんてことを言ってくれたんだ！」と彼女に言いたいけど、これまでの態度を見るに、それを言えば彼女はさらにヒステリックになって、状況が悪化してしまうのでなにも言えないのだろう。

ロイエンタール侯爵に対抗すべく、スタリオン以外の東地区で工房を営む錬金術師たちも同席していたが、彼らは怒りで体が震えていた。

錬金術師風情なんて言われて怒らないわけがない。

この錬金術師がいなければすぐ瘴地に戻ってしまう世界において、彼らの多くはこの世界を守り、発展させようと、プライドを持って働いているのだから。

「声が大きいのはいいけど。ブリマス伯爵、あなたは東地区の地区長なのだ。なんとかしてくれ。前から何度も言っていることだけどね」

「私……ですか？」

新しいブリマス伯爵は、とても頼りなさそうに見えた。

十三歳だから仕方がない……とはいえ、ロイエンタール侯爵の弟君は来年十五歳なのでそんなに年は違わないが、姉の補佐をちゃんとしている。

残念ながらブリマス伯爵には才覚がなく、だからヒステリックな不倫ママに主導権を取られたまというわけか。

「すぐに着手しますよ。これまで下準備が忙しかったのです」

「スタリオン、それは本当なのね？」

「ええ、奥方様はご安心を。東地区の復興に必要な錬金物は、このザブルク工房の当主スタリオンにお任せください」

それにしても、イケメンは得だよな。

スタリオンが自信満々に言い放つと、本当にこれまで復興が進んでいなかったのは、準備が忙しかったからだと信じてしまいそうになってしまうのだから。

俺は引っかからないけど。

「では、お手並み拝見といこうか」

「ロイエンタール侯爵、ちゃんと見ているがいいわ。東地区は今に、他の三地区よりも大いに発展するのだから」

ブリマス前伯爵夫人は心からスタリオンを信じているようで、恋する女とはそういうものか。

その後確実に破滅が待っているはずなんだけど、さてスタリオンはどうするのであろうか？

＊＊＊＊

「はあ？　無理に決まっているじゃないの。今の私は現状の維持で精一杯よ。元から、移動魔法陣板（トランスファーサークルボード）と切り替え器（チェンジアプライアンス）なんて作れないからね」

「……しかしそれでは、東一～五地区の復興ができないではないか」

「無理よ。キャパ不足だもの」


ザブルク工房に戻り、フランソワに移動魔法陣板（トランスファーサークルボード）と切り替え器（チェンジアプライアンス）の錬金を頼んだら、彼女は自分にはできないと言い放ちやがった。

そんな無責任な話はないではないか！

この腐れ女が……お前みたいな化け物を、どうして僕が妻にして嫌々抱いていると思っているんだ！　要望に応えられないのであれば、そのまま捨ててもいいんだぞ。

僕の才能が開花するまで時間を稼（かせ）ぐことが、お前の大切な仕事だろうが。

「それに聞いたわよ。臨時会合であのババアが暴言を吐（は）いたって」

「それがどうしたというのだ。ただのヒステリーだろう？」

クソッ！

一緒に会合に出ていた錬金術師の誰かが、フランソワにチクッたな！

「このままだと東地区は、じきにこの東九地区しか維持できなくなるわね」

「どうしてだ？」

「辛（から）うじて残っていた錬金術師たちだけど、今回の件であのババアに愛想が尽（つ）きたはずだから。表立って錬金術師に暴言を吐く貴族なんてお話にならないもの。いい、私たちはその気になればどこでも生活できるわ。条件がいい土地に引き抜かれるなんて珍しくもない。なにもしなくても、東地区の残り少ない錬金術師たちは、ここを出て行くわよ。そうしたら、来年で東九地区以外は瘴地化してしまうでしょうね」

他の錬金術師たちが、東地区から逃げ出すというのか……。

もしそしてそうなったらフランソワへの負担が増えて、東九地区以外がおざなりになってしまう。

（さて、どうしたものか……）

天才である僕だが、そんなすぐに移動魔法陣板（トランスファーサークルボード）と切り替え器（チェンジアプライアンス）を錬金できるとは思わない。

もしそれが表沙汰（おもてざた）になったら、ベティからなにを言われるか……。

最悪、あのヒステリック女によって、ダスオンの住民たちに捧（ささ）げるイケニエにされてしまうかもしれない。

自分を守るためなら、あの下種（げす）女はそのくらいやりかねない。

ならば……。

「引っ越すか。どうせ今はどこでも錬金術師は引く手数多（あまた）だ。他の場所でザブルク工房を再オープンさせればいい」

そうすれば、僕の評価はリセットどころか、再びザブルク工房の名を利用しやすいじゃないか。

一度土地と工房を捨てて損切りをしても、すぐに復活可能だ。

「逃げよう」

「それがいいわね」

「賛成なのか？」

「ええ、他の錬金術師たちもすぐに逃げ出すわよ。間違いなくね」

彼らが逃げる先は、これから希望が持てる東地区以外の三地区というわけか。

あとであのヒステリーババアが文句を言っても、あのロイエンタール侯爵なら軽く聞き流して終わりだろう。

　東地区の崩壊は避(さ)けられないな……。

「逃げ出す算段をしないとね。そうねぇ……私のコネが通用する港湾都市シッタルに一時逃げ出しましょう。いいわね？　スタリオン」

「ああ……」

たとえ天才の僕でも、時には人生に躓(つまず)くことだってある。

だが、今に見ているがいい。

必ず僕は、オイゲンなど足元にも及ばない錬金術師になってみせるのだから。

＊＊＊＊

「ブリマス伯爵家が職務怠慢で改易(かいえき)――爵位剥奪(はくだつ)ですか？」

「それはそうだ。預かっていた東地区の人口を大幅に減らし、税収を減らしてしまったというのに、なんの罰もないのがおかしいいんだから」

「でも厳しい罰ですね。もっと軽いものだと思っていましたけど……」

「今回の処罰は王家主導で行ったんだろうね。貴族たちは、基本的に他の貴族の罪をなかったことにしようとする。なぜなら、自分及びその子孫がいつミスをするかわからないからだ。先に庇(かば)っておけば、あとで庇ってもらえる可能性がとても高いからね。だから、貴族が改易されるなんて珍しいのさ。普通は役職の解任か、年金の減額などで済むようになっている」

「これを機に王家は、無能な貴族を減らしたいのですか？」

「確証はないけど、オイゲン君の考えに私も賛成だな」

ロイエンタール侯爵から、臨時会合の時にあれだけ大言壮語（たいげんそうご）していたスタリオンが、煙のごとく消え去ってしまったと報告を受けた。

移動魔法陣板（トランスファーサークルボード）と切り替え器（チェンジアプライアンス）を錬金できるわけがないと思っていたけど、まさか逃げるとは……。

ただ間違った選択ではなく、むしろ今のスタリオンが取れる最善手だろう。

この決断の早さは見習うべきだと、俺も思っていたりした。

ザブルク工房の前に、ブリマス前伯爵夫人の暴言に腹を立てた東地区の錬金術師たちは、すぐこちらに逃げ込んできた。

別に地区間の転居は違法でもなんでもなく、いくらブリマス前伯爵夫人が金切り声でロイエンタール侯爵に錬金術師たちの返還を求めても、引っ越しただけですと返答するだけで終わる話だ。

そして自分の住む地区から錬金術師がいなくなったので、東地区の他の住民たちも慌てて引っ越しを始めた。

幸いにして、他の三地区は可住領域が増えており、引っ越そうと思えば簡単に引っ越せたのだ。

住宅不足ではあったが、現在新地区を中心に急ピッチで建設が進んでおり、将来が不安な東地区よりはマシだと、ロイエンタール侯爵が用意していた臨時住宅に引っ越す人が続出した。

その結果、今の東地区の人口は数十分の一にまで落ち込んでおり、それはブリマス伯爵家が職務怠慢で改易になるわけだ。

「あの人、大騒ぎしたでしょうに」

「ずっといなくなったスタリオンの名を叫（さけ）んでいたそうだよ。彼女とその息子は実家に引き取られた。貴族たちの都合で幼くして伯爵にされ、それからすぐに改易されたのだから、ある意味運命に翻弄(ほんろう)された可哀想(かわいそう)な人たちなのかもしれない」

とはいえ、自業自得な気もするけど。

「それで、東地区の地区長は誰になるんですか？」

「私だよ。やはり一人がすべての地区を統治できなければ、効率が悪いし、私とブリマス前伯爵夫人の対立は東地区の衰退(すいたい)を招いたというのもある。また仕事が増えるよ」

「俺もですよね？」

「すまないね」

ロイエンタール侯爵の計画では、東地区も一～五地区を新一地区に、六～九地区と一部瘴地を新二地区に。

さらに新三地区と新四地区を作り、これからすべて移動魔法陣板(トランスファーサークルボード)と切り替え器(チェンジアプライアンス)の交通システムで繋ぐ計画であり、これに必要な錬金物のかなりの部分がオットー工房に依頼される。

「頑張ります」

「これが終われば、この商業都市ダスオンも一段落するから。私も個人的に君に対する褒美(ほうび)を考えていてね。楽しみにしていてくれ」

「褒美ですか」

なにをくれるんだろう？

食べ物、宝石、本、服……珍しい素材か？

その時を楽しみに、俺は今日も錬金に勤(いそ)しむのであった。

＊＊＊＊

「いいね。徐々に私も女に戻りつつある」

「姉上は、昔から女性ですけどね。男装しても、隠しきれていませんから」

「それもそうか。だけど、常に表で男装していたせいか、少し男性に寄ってしまったような気がするのさ。だからこうして、新しいドレスなどを着てみたりしているわけさ」

「オイゲンさんに見せないのですか？」

「ルアンも言うようになったね。まあ、それは来年のお楽しみ。サプライズの方が彼も喜ぶだろうからね」

「衝撃が強すぎませんか？」

「そうかな？」


休日。

姉上は、新しいドレスを試着していた。

我が姉ながらとてもよく似合うと思うけど、来年、いきなりオイゲンさんに嫁ぐ計画を秘密にしているのはどうかと思う。

商業都市ダスオンの最高権力者から、突然普通の女性になってあなたに嫁ぎますと宣言される。

オイゲンさんは心臓が止まりそうなほど驚くだろうけど、この婚姻はロイエンタール侯爵家にとっても非常に有益なものとなる。

「可哀想だからやめたら？」とは言えないのだ。

「こういう生まれなので、私は企むのだよ。仕方がないことだ」

などと言いつつ、姉上はオイゲンさんのことが好きだからなぁ。

秘密裡に話を進めているのは、彼が断れないようにするため。

姉上にも可愛らしいところが……まあわかりにくいけど。

「人のことはいいのだよ。ルアン、君も当主になったらすぐに結婚しなければならないのだから。相手は……私が吟味しているけどね」

「お手柔らかに」

来年、いよいよ私も新当主就任と結婚かぁ……。

降嫁してしまう姉上にはそう頼れないので、ブリマス前伯爵夫人の二の舞にならないようにしなければ。

それはそうと、私にはどんな奥さんが来るのだろう？

＊＊＊＊

「メルル、この突き出た金属部分に利き手を当てて『魔法』使うんだ」

「了解」

「まずは『火球』くらいかな？」

「そうだね。いきなり大きな魔法を使って爆発でもしたら困るしね」

「性能試験は慎重にね」

最近、錬金術師としての仕事が忙しいので、モンスター狩りにはほとんど行っていない。

もう少ししたら状況も落ち着くので、そうしたらモンスター狩りに……その前に、メルのストレス発散になる錬金物の開発を進めていた。

俺が開発したオリジナルの錬金物で、その名も『魔法手榴弾』という。

手の平サイズの八角錐の水晶と、上部の金属製の突起で構成されていて、これに魔法を封じ込めることができるのだ。

魔法が使えない冒険者たちに需要があると思って数年前から試作を開始し、最近メルの助言を受けて無事に完成した。

これで、魔法が使えない冒険者でも魔法を使えるようになる。

モンスター狩りで使わなくても、もしもの時に使えば冒険者の生存率が上がるであろう。

天才魔法使いであるメルに助けてもらったらすぐに完成したから、魔力量は多いけど、俺の魔法の才能って微妙なんだと思う。

「本当にこの中には魔法が入っているんだね。ボク、感心したよ」

「成功してよかった」

メルが魔法を封じ込めた魔法手榴弾の水晶部分の中では、小さな火が揺らめいていた。

「使い捨てなのが残念だね」

「魔法が発動する時に壊れてしまうからしょうがないよ。その分安くできるし」

試作段階では暴発を恐れて水晶部分を頑丈に作りすぎた結果、封じ込めた魔法が発動できなくて苦労したけど、水晶部分を使い捨て前提で暴発しない程度の強度にしたら上手くいった。

実は水晶柱に見えても錬金で作れる安いガラスに近いものなので、原料費も安く抑えてある。

「冒険者たちが喜んで購入すると思うよ。魔法が使える冒険者って少ないから」

メルルの言うとおり、錬金術師より数が多い魔法使いではあるが、別の問題も抱えている。

それは、魔法使いは女性の方が多く、結婚、子育てで冒険者を引退してしまう人が多いことだ。

職場復帰も他の仕事ならともかく、冒険者稼業を子育てが落ち着いてから再開するというのも年齢的に難しく、危険な仕事なので家族にも反対されるケースも多い。

「だから、この魔法手榴弾に魔法を詰める仕事なら、子育て中の魔法使いにもできると思ってね。これで、モンスター狩りが促進されるはずだ」

今すぐという話ではないけど、人間の居住区に隣接している瘴地のモンスターが冒険者たちによって狩られ続け、その速度がモンスターが繁殖するスピードを上回る。

そうなったら、中心石と還元液を用いて通常の土地に戻す条件を満たすようになる。

モンスターの駆除が中途半端だと、通常の土地に戻してもモンスターに襲われる土地になるので、効率よくモンスターを倒せる錬金物の需要は多いはずだ。

「確かに魔法を詰め込むだけなら、子育てしながらでもできるもんね。オイゲンくん、さえてるぅ」

「魔法手榴弾は以前から開発していたけど、こんな使い方を考えたのはロイエンタール侯爵だよ」

「へえ、そうなんだ。さすがだね」

モンスターを極限まで減らしてから普通の土地にしてしまう計画を、ロイエンタール侯爵は立てていた。

商業都市ダスオンに新しい地区を増やし、モンスター狩りの最前線を、まだ冒険者が荒らしていない、成果が多く出る瘴地まで前進させる。

このサイクルで町なり農地が拡張するのが望ましいが、どこの国でも錬金術師不足で可住領域の拡大は一進一退なのが現状であった。

ブルネン王国は王都と一部地方都市ばかりが拡張して、他は現状維持か下手をしたら縮小してしまうという状態に陥っていた。

ところが地方を蔑ろにしてまで拡張を続けていた王都も、特級錬金術師フライヤー死後振るわないという噂だ。

「ロイエンタール侯爵は、もっと商業都市ダスオンを拡張したいのさ」

ダスオンを縄張りとするロイエンタール侯爵家からすれば、当然の行動だ。

「ボクも将来、結婚、育児で引退したら、この魔法手榴弾に魔法を詰める仕事で食いっぱぐれないかな。あっ、そうだ。ちゃんと説明書もあった方がいいかも」

「説明書の作成は、商業ギルドがやるってさ」

「さすがは商業ギルドだね。しっかりと食い込んでいてさ」

「オイゲンさん、この魔法手榴弾は治癒魔法も封じ込められますか？」

「できるけど、治癒魔法使いには余裕がないんじゃないかな？」

治癒魔法に関しては、一般人の治療にもよく使われるからなぁ……。

治癒魔法使いに余裕がないと思うし、治療薬で十分だと思う。

もしもの時用に、一個、二個持つくらいとか？

「治療薬では再現できない、『広域治癒魔法』を詰め込むのはいかがでしょうか？」

「その手があった！」

一定のエリア内にいる人たちを一度に治してしまう広域治癒魔法を使える魔法使いは少なく、魔法手榴弾に詰めて所持しておけば、ピンチの時に冒険者パーティを全滅から救えるかもしれない。

「それと、空の魔法手榴弾を量産して販売すればいいだろう」

構造は簡単なので、ゴーレムたちにかなりの作業を任せられる。

専用生産ラインの経費で利益率は少し低くなるけど、消耗品だから沢山売れれば問題ない。

俺は完成した魔法手榴弾をゴーレムたちに量産させ、それを商業ギルドに卸すようになった。

「旦那のゴーレムは次々と仕事を覚えるんだな。親父が羨ましいって言うだろうな」

「そういう仕組みだからね。オーエック工房でも試作して運用を始めたんだろう？」

「ここのほど賢くないんだよ。ゴーレム石の差なのかな？」

「俺が錬金したゴーレム石は、『連結学習機能』がついているのさ」

この屋敷で働いているゴーレムたちが内蔵するゴーレム石は、すべてリンクしていた。

一体が覚えたことは他のゴーレムも覚えるし、一体ができるようになった作業は他すべてのゴーレムもできるようになる。

もしゴーレムを破壊されても、ゴーレム石が一個でも無事ならデータは保存されている。

同じ連結学習機能付きのゴーレム石を内臓すれば、そのゴーレムは以前と同じように働けた。

「すげえ！　うちの親父も旦那に負けないようにって、苦労してゴーレムを作ったんだけどさぁ。まだまだだし、もしゴーレム石が壊れてしまったら、これまでに覚えたことが全部パーだから。旦那はなにか対策しているのか？」

「俺のは地下工房に、各連結機能付きゴーレム石から吸い上げたデータを保存するゴーレム石も設置していて、これまでに覚えたことは全部記録しているから大丈夫」

工房で働くすべてのゴーレムのゴーレム石が破壊されるなんてないとは思うけど、万が一に備えてのことだ。

うちは少数精鋭なので、ゴーレムたちがちゃんと働いてくれないとてんてこ舞いになってしまう。

「じゃあオットー工房には、これ以上従業員はいらないか」

「あと二～三人いても問題ないよ。いればやってもらう仕事はあるから」

ただ、エリーやフラウさんみたいなのに来られるとなぁ……。

普通に働いてくれる人ならいいけど。

「新しい従業員は急ぐ話じゃないよな。あたいも仕事しよっと」

「ボクも」

「私も！　その前に、オイゲンさん、お茶を淹れますね」

「ありがとう、ハイデマリー」

新しい人が入ると人間関係などで問題が発生するかもしれないから、もう少しこのままの方がいいかもしれない。


「えっ？　魔法手榴弾をさらに増産ですか？」

「全然足りなくてな。使い捨てだし、今のこの商業都市ダスオンは順調に拡張しつつある。冒険者たちによるモンスターの討伐が活発で、となると魔法が使えなくても魔法を放てる魔法手榴弾が人気になって当然というわけだ。これのいいところは、今育児などで休んでいる女性魔法使いたちが活用できる点なんだ。魔法使いギルドでも、積極的に魔法手榴弾に魔法を詰める仕事を斡旋していくそうだ」

「で、どのくらい増産すればいいんですか？」

「とにかく、作れるだけ作ってくれ」

「アウトソーシングします……」

「なんじゃい？　それは」

「外注しますってことです」


　いくらなんでも魔法手榴弾を作れるだけ作れだなんて、他の錬金物の生産に支障が出るから不可能であり、そこで俺は様子伺（うかが）いにやって来た旧東九地区のギルド長にして、今は新西二地区のギルド長であるバイン氏に対し外注を提案した。

「この魔法手榴弾の肝（きも）は、魔法を籠（こ）める際に手で触れておく『魔導極』の部分です。この金属部分ですね」

「ここが重要なのか」

「水晶ぽい筒の部分は、多少不格好でもいいんです。ちゃんと上部に魔導極を差し込んで接着できることと、筒が密閉状態であれば。一定以上の技術力がある錬金工房なら作れますよ」

　つまり、オットー工房は金属製の魔導極のみを量産し、水晶筒の部分と組み立て作業を別の錬金工房に任せてしまえばいいわけだ。

「なるほど！　その手があったか！」

　バイン氏は、俺の提案に一人感心していた。

「仕事を任せられる錬金工房は把握しているから、あとは頼むだけだな。手間賃はどうする？」

「それはいらないです。魔導極を購入してください」

「そんなんでいいのか？」

「いいですよ」

実は、魔法手榴弾の完成品の利益率と、魔導極のみを量産した時の利益率って、魔導極のみの方が少しよかったりする。

大量生産前提の水晶モドキガラスの筒を作っても、さほど儲からないという事情もあった。

ならば、オットー工房は重要部品だけ卸して効率よく利益を取った方がいい。

いくつ製造したので、権利料は一個いくらとか、数を誤魔化していないか確認するのも手間だから、魔導極を買わせればそんな面倒なことをしなくて済む。

もし他の工房が魔導極を作れたら、そこはもう好きに魔法手榴弾を作ればいい。

ある程度数を作らないと儲からないけど、大規模で人手が多くて生産量が多いところだと利益を出しやすい。

これからいくらでも需要は増すだろうから、大量生産できる工房に仕事を回して慣れてもらった方がいい。

「分業制みたいなものだな。それにしても若いのによく考えるものだ。いやあ、大量生産の目途がついてよかった。早速、グリワス工房から回ろうかな」

バイン氏は、喜びのあまりスキップしながら俺たちの元を去っていった。

いい年をしたオジサンがスキップって……よほど嬉しかったんだろうな。

「魔導極のみなら今の千倍は生産できるから、これで安心だ」

ところが、魔法手榴弾は開発した俺が思っていた以上に人気が出てしまったようだ。

商業都市ダスオンのみならず、周辺の町や貴族の領地、果ては王都にまで流通するようになってしまった。

「オイゲンくん、千倍でも全然足りないね」

「結婚と育児で引退している女性魔法使いたちを有効活用できますからね。短時間でできて、魔法を籠めるだけでいい収入になるので、女性魔法使いたちにとても人気のアルバイトだそうですよ。魔法手榴弾への魔法詰めは」

「結婚と育児で引退していても、すげえ魔法を使える人はいるからな。それを籠められる錬金物だから人気が出て当然かぁ……旦那、大丈夫か？」

「魔導極自体の生産量は、金属素材の入荷状況次第だけど、ラインとゴーレムを増やせばできるよ」

「まだゴーレムを増やすのか？　魔力量は大丈夫か？」

「えっ、大丈夫だよ」

「旦那の魔力は桁違い（けたちが）だな」

　このところ、またちゃんとモンスター狩りに出ているから、順調に魔力は増えていた。

　俺の限界魔力量がどの程度かは知らないけど、レベルとかステータスが見れるようになればいいのに……。

　そういうものを開発するか？

第二章　滅亡病

「ふう、今のところは順調に進んでいるから助かっているよ」

「このまま最後まで順調ならいいですね」

「だといいのだけど、こういう時にトラブルが起きやすいものなのさ」

「好事魔多しですか」

「言い得て妙だね。そんな感じだよ」


商業都市ダスオン東地区の外縁部、内側から新三地区、新四地区と順番に工事現場を見学しながら、俺はロイエンタール侯爵と話をしていた。

俺が錬金した中心石と還元液のおかげで人が住める土地は大幅に広がったが、錬金術でパッと一瞬で家を建てるなんて不可能なので、今はプレハブモドキの仮設住宅に一時的に住みつつ、家が完成したらそこに住んでもらうことになっていた。

土地ごと家を買うか、それとも借りるかは移住者の懐次第だけど。

「ロイエンタール侯爵。よろしいですか？」

「ああ、構わないよ。どうかしたのかな？　ハイデマリー君」

ハイデマリーが、ロイエンタール侯爵に用事があるようだけど……。

「移住者を中心に、発熱、倦怠感、嘔吐などの症状が出ています。それも若い男女のみにです」

「疫病か……」

この世界にも、流行性の疾病が存在する。

当たり前のことなんだけど、現在商業都市ダスオンは人の出入りが非常に多いので、疫病が流行しやすい環境にあるのは確かなのだ。

当然ロイエンタール侯爵は対策を取っており、病人は速やかに教会で治療、隔離することになっていた。

ただの風邪と区別がつきにくいので大変だが、手を打たないと病気が町中に蔓延してしまう。

都市を広げて外部から人を受け入れる場合、領主なり都督、代官などは必ず対策を欠かさない。

残念ながら、その能力がない貴族もいるけど……。

「若い男女のみ……確かそんな症状の疾病があったような……そうだ！　『毒ヒドラ草』の体液から罹患する疾病があったな！」

「ありましたね……」

この世界には、モンスターの体液が原因の疫病が存在した。

毒ヒドラ草という厄介なモンスターがいる。

動く植物系のモンスターで、何本もの花と茎がまるでヒドラみたいなのでそう呼ばれていた。

その体液は毒であり、人間が一定量以上浴びると死んでしまう。

ごく希に、体液に生息するウィルス……だと思う、菌かもしれないけど……が人間の血液中で変性して、人間にも伝染するようになってしまうのだ。

こうなってしまうと爆発的に人間の間に広がっていくわけだが、この疫病の厄介な部分は、子供と老人にはまったく症状が出ず、逆に若い男女の罹患率が高い点だ。

死亡率も高く、この世界では『滅亡病』と呼ばれていた。

若い男女が死んでしまうので、人間の将来がなくなる。

流行すると、その国なり都市なり領地が大幅に衰退、滅亡してしまうわけだ。

「すぐに手を打たないと。オイゲン君！」

「毒ヒドラ草の体液の在庫がないので、獲(と)りに行ってきます」

「頼むよ」

「私も同行しますので」

滅亡病だが、治療方法がないわけではない。

予防・治療薬を錬金でき、その材料は、滅亡病のウィルスを媒介(ばいかい)する毒ヒドラ草の体液であった。

毒ヒドラ草の体液の中にある間はウィルスも無害で、特別な錬金をしてから人間の血液中に入れると、滅亡病の抗体を作ってくれるのだ。

ただ、ちゃんとした錬金術師が錬金したものでないと逆効果どころか、死んでしまう可能性も高く、滅亡病の予防・治療薬の製造はハードルが高い。

「毒ヒドラ草は、この近辺に生息しているのかな？」

「いますよ。むしろかなり近くなりましたね」

商業都市ダスオンの拡張が進んでいるので、前よりもエンカウントしやすいようだ。

以前なら、造成中の新地区の分奥まで移動しなければいけなかったのだから。

「毒ヒドラ草の生息エリアが近くなってよかったけど、できれば疫病なんて発生してほしくなかったね。それにしても、滅亡病はどこから入ってきた？　最初の発生地がちゃんと対処をしないと、その町なり領地は……」

「多くの犠牲者(ぎせいしゃ)が出るはずです」

勿論、毒ヒドラ草の体液を使った予防・治療薬があれば別だけど。

「この滅亡病は、予防・治療薬があれば大した病気でもない。だが、それがないと……」

罹患者が増えれば増えるほど若い男女が働けなくなり、労働の主力である彼ら、彼女らが働けなくなると、その都市の経済と流通が滞り、子供や老人に餓死者が出かねない。

すぐに対処しなければ。

「オイゲン君、なるべく沢山採取してきてくれないか？　全住民に予防・治療薬を投与したいんだ」

「そうですね。それがいいでしょう」

希に、子供や老人で罹患する人がいないわけでもないらしい。

ロイエンタール侯爵は、ダスオンの住民全員に予防・治療薬を接種させる計画であった。

「急ぎます」

「いつも申し訳ないね。頼むよ」

「ハイデマリー、メルルとモアにも事情を説明して急ごう」

「はい」

疫病でダスオンの住民がバタバタ倒れる光景は見たくないので、俺たちは急ぎ毒ヒドラ草が生息する瘴地へと向かうのであった。


「うわぁ、毒ヒドラ草って何度か見たことあるけど、いつ見ても気持ち悪いね。このままボクの火魔法で焼き払おうか？」

「駄目だよ、メルル。それだと体液が獲れないから」

「ですよねぇ。毒ヒドラ草って、なにか他に素材を獲れたっけ？」

「花粉、若葉くらいかな。それほど使い道もないから、今日は体液以外採取しないつもりだ」

「旦那、この気持ち悪いのどうやって倒すんだ？」

「根っこの真上を、刃物なり魔法で切り飛ばすだけだよ」

「結構難しそうだけど」


毒ヒドラ草の生息地に到着した俺たちは、早速狩りを始めることにした。

草なのに、根っこがウネウネと動き歩ける不思議なモンスター毒ヒドラ草は、ヒドラが草になったわけではなく、見た目がヒドラっぽいからつけられた名前だ。

数本出ている花と茎が、ヒドラの首みたいに見える……言うほど似てないけど。

メルルが『風刃（ウインドカッター）』で花の部分を刎（は）ねると、毒ヒドラ草はその切り口から体液を流しながら、その辺をウロウロし始めた。

まったく枯れない花の部分にレーダーのような機能があるそうで、それを切られると周囲の様子がわからなくなってしまうのだ。

「旦那、下手に近づくと危なくないか？」

「大丈夫さ。少なくともメルルにはね」

メルルが続けて『風刃（ウインドカッター）』を放ち、毒ヒドラ草の根っこの真上を斬り裂いた。

「花を切り落とされても生きているが、根っこを切り離されたら終わりさ」

地面から栄養を吸収できなくなってしまうのと、歩けなくなってしまうからだ。

毒ヒドラ草は人間や他のモンスターも殺すが食べはせず、根っこで血や水分、栄養を吸収する。死体が腐ると集まってきて、分解された栄養を吸い取ることもあった。

「遠くから、花、根、葉っぱを切り落として、体液が流れ出なくなってから太い茎を回収すれば、体液に触れるリスクは大幅に減る。回収した茎に、そっとナイフで縦に切れ込みを入れ、体液がはねないように容器に回収するんだ」

体液の回収には手袋とゴーグルとマスクを着用するが、ゴーグルとマスクはこの世界にはなかったものだから、みんな感心していた。

「ここからは時間の勝負だな」

「はい。私も手伝います」

毒ヒドラ草の体液集めは順調に終わり、これを材料に予防・治療薬を錬金するのだが、体液から滅亡病に罹患するリスクがあるので俺一人で作業しようと思っていたら、ハイデマリーが作業室に入ってきて梃子(てこ)でも動かなかった。

「駄目だと言いたいところだが、二人なら時間が半分になるか……貧乏クジを引かせてすまないな。ハイデマリー」

「私は神官で、治癒魔法使いでもありますので。それに、毒ヒドラ草や滅亡病にも詳しいですよ」

三人の中で手伝ってもらうとしたら、ハイデマリーが適任だろう。

「ねえ、オイゲンくん、マリちゃん。どういうこと？」

「水くさいじゃないか。あたいも手伝うぜ」

「作業室に入ってきちゃ駄目だ！」

メルルとモアが作業室に入ってこようとしたので、俺は慌てて止めた。

毒ヒドラ草の体液集めと、予防・治療薬の錬金に直接携わるのは俺とハイデマリーだけだ。

「この作業が、一番滅亡病に罹患するリスクが高いんだ。メルルとモアは万が一に備えてくれ」

特にここは広々とした野外ではなく室内なので、毒ヒドラ草の体液が作業中に飛び散って吸い込む可能性が高く、滅亡病の罹患リスクが上がってしまう。

接触から発病まで二日以内と聞くから、もし俺とハイデマリーが罹患して予防・治療薬の錬金に成功しなかった場合、次の錬金はモアを中心にやってもらわなければならない。

「重要な役割だ。理解してくれ。俺がしくじったら、モアが中心になって錬金するんだ」

「わかった……そんな風に言われたら反論できないじゃないか」

「だから今は絶対にここには入ってこないでくれ。メルルもだ。モアを助けてやってくれ」

「オイゲンくん、当然成功するんだよね？」

「だから言ったじゃないか。万が一だって」

とはいえ、実は俺は滅亡病の予防・治療薬の錬金をしたことはなかった。

滅亡病の流行なんて滅多にないし、予防・治療薬の錬金は錬金術師への危険が大きい。

錬金術師としての実力も必要になる。

運悪く錬金術師を死なせてしまったなんてことがないよう、運を天に任せて患者を隔離だけしてしまうケースが多かったのだ。

「俺たちは大丈夫だ。一秒でも早く完成させる」

一秒でも早く、予防・治療薬を完成させなければ。

俺とハイデマリーは準備を整えると、すぐに毒ヒドラ草の体液を使った錬金を開始するのであった。

「作業室に入れないメルルとモアさん、声がちょっと不満そうでしたね」

「今回ばかりは我慢してもらわないと。作業中は毒ヒドラ草の体液と直接触れるリスクが高く、もう一つ『血霧』を吸い込み、肺から入って罹患してしまうことがあるからね。それに俺たちがしくじったら、結局モアとメルルに任せるしかないんだから」

「そうですね。できればそうなってほしくないですけど」

「だから二人で集中しないと」


モアとメルルは万が一に備えて作業場の外で待機してもらい、これで俺とハイデマリーの二人きり……あまりロマンチックではないけどね。

「ハイデマリー、いくぞ」

「はい」

まずは、回収してきた毒ヒドラ草の体液を濾過(ろか)、攪拌(かくはん)するのだけど、その過程で体液が霧状になって周囲を舞った。

当然マスクとゴーグル、手袋はしているが、完全には防げないから罹患リスクは最高潮となる。

「今のところは順調かな。次は、薄めた治療薬を入れてさらに攪拌する」

毒ヒドラ草の体液の中に初めから生存しているウィルスを攻撃して活性化させるのだ。

当然目に見えない血霧が飛散しているので、やはり罹患のリスクは高まる。

少しでもウィルスが体内に入れば、すぐに滅亡病のウィルスに変化してしまうかもしれないからだ。

「血液が必要だから採取する」

「はい」

俺がナイフで自分の腕を切って必要量の血を集めたあと、ハイデマリーが治癒魔法で傷を治してくれた。

ウィルスを活性化させた毒ヒドラ草の体液に、採取したばかりの俺の血液を入れる。

そしてさらに治癒魔法をかけるか、治療薬を混ぜていく。

こうすることで、滅亡病ウイルスの抗体が完成するわけだ。

ただそのままでは使えないので、余分な成分を除去して抗体の濃度を上げないといけない。

そして当然だが、混ぜた血液には血液型があるから、これも錬金で『血液の共通化』をしないと使えなかった。

それを忘れると、俺と同じ血液型以外の人に深刻な副作用が出てしまうからだ。

下手をすると、その副作用で死んでしまうからこの作業を忘れるわけにいかず、滅亡病の予防・治療薬の錬金は高い技量を必要とした。

「ふう……あとは最後の仕上げだけか……」

錬金途中の予防・治療薬は、大体五百ミリリットルくらいかな？

これだけで数千人分になるので、もう何回か錬金すれば必要量を得られるだろう。

一回目で成功すれば、次はもっと安全に作業できる。

完成したら実験で俺とハイデマリーの体に予防・治療薬を投与するから、成功していれば抗体が体内にできているからだ。

「ハイデマリー、今日はつき合わせてすまないな」

滅亡病の予防・治療薬の錬金作業の助手に一番相応しいのは、治癒魔法が使えるハイデマリーであった。

抗体ができたら一人でも作業できるが、もし一人で作業して手こずると、罹患して作業どころではなくなってしまう。

そこに新たな人が入り込むとさらに罹患者が増え……作業場が感染源になってしまうのだ。

だから、二人で作業するのが一番安全で成功率が上がる。

ただ、俺も手順などはできる限り完全に覚えて臨んでいるが、初めての錬金でリスクがないわけがない。

だから俺は、ハイデマリーに申し訳ないと思っていた。

「私は治癒魔法の使い手なので、予防・治療薬を錬金する助手役に一番適任です。それに、私は神官でもあるのです。あのようなことがあってメルルと冒険者をしていますけど、やはり神官なので、疫病を防げるのであれば喜んで協力します」

ハイデマリーは美少女でスタイルもいいが、背が高かったのがよくなかった。

日本ではモデルで食べていけたかもしれないけど、この世界で背が高い女性は『生意気な妻になって夫に強く当たる』などと言われ、男性とその家族に嫌がられてしまうケースが多かった。

背の高さが理由で婚約を破棄され、旧東九地区の教会を辞めて冒険者になり、今はオットー工房の従業員もしている。

だが定期的に教会での奉仕活動にも参加しており、とても優しい女性であった。

それに背が高いとは言っても、俺よりも数センチ高いくらいなので、そこまで気にならなかった。

「ハイデマリーは優しいんだね」

「そんなことは……作業はもうすぐ終わりですか？」

「ああ、混ぜた血液を共通化させ、最後に魔力を流して完成だ」

仕上げ作業もすぐに終わり、滅亡病の予防・治療薬は無事に完成した。

「あとは……」

この予防・治療薬を体内に少量入れるだけで抗体ができる。

消毒した針に予防・治療薬を浸(ひた)し、これを自分の腕の血管に刺すのだが、この世界には注射器がないのと、少量で十分だからだ。

予防・治療薬の錬金が成功したら、試験も兼ねて俺とハイデマリーで実験する。

無事に成功していれば、血中に抗体ができて、俺とハイデマリーはこのあと数年間は滅亡病に罹患しなくなるはず。

これだけ苦労して数年というのが悲しいが、滅亡病なんてそう滅多に流行するものではなく、それで十分なのだ。

「これで抗体ができればいい」

「抗体ができたのかを判別する方法はあるんですか？」

「あるよ。でも、これから二十四時間はこの作業場に待機しないと」

食事や睡眠もここでとるわけだが、その前に掃除や片づけ……も、予防・治療薬の錬金に成功したら増産しないといけないので、あまり道具類は片づけられないか。

「できる限りだけど、掃除と片づけをしよう」

「そうですね」

錬金術師の職業病であろう。

俺は片づいていないと落ち着かず、ハイデマリーも性格が真面目で、神官は教会を綺麗にする習慣を身につけさせられる。

二人で黙々と掃除をし、そしてそれが終わると食事をとり始める。

作業場では火が使えるので、メイドのポーラさんが事前に作ってくれたシチューを温め、他の料理やパンを食べ始めた。

「美味しいけど、作業場ってのがねぇ」

「そうですね。ちゃんとしたレストランに行きたい気分です」

「この仕事が終わったら、一緒に行こうか？」

「いいんですか？」

「俺も、ちゃんとしたレストランで食べたくなってきたよ。どうかな？」

「嬉しいです。楽しみですね」

そのあとは、作業場でできる他の錬金や、雑務などをこなしてからお茶やお菓子で寛ぎ、その日は早めに寝ることにした。

その前に、体調をチェックしてみるが……。

「成功した可能性が高いな。少し熱が出ているから」

「本当ですか？　ちょっと腰を落としてくださいね」

「こう？」

「あっ、少し熱がありますね」

ハイデマリーは俺の額に自分の額をつけて熱を測ってくれた。

中

まさかの事態に、俺はかなりドキドキしてしまう。

前世も合わせていい年なのだから、このくらいは……前世も言うほど恋愛経験豊富ってわけではなかったからなぁ……。

今世でも八歳から十年以上錬金三昧（ざんまい）で、実はエリーとは手すら握ったことがなかったのだ。

「ハイデマリーも少し熱がある。これを飲んで」

俺は、ハイデマリーに少量の『解熱剤』を渡した。

「抗体ができていたら、これを飲むと二〜三時間で熱が下がるのさ。もし熱が上がれば……」

抗体はできておらず、滅亡病に罹患してしまったことになる。

大丈夫だとは思うけど、完全に安心できないもの事実だ。

「オイゲンさん、大丈夫ですよ」

「慢心（まんしん）ではなく、計算上は大丈夫だと思っているのだけど、やっぱり不安は残る」

「どんな人でもそうだと思います。人間は神様ではないのですから」

「ハイデマリーも？」

「他のことはそうですね。でも、私はこれまでオイゲンさんの努力に裏付けされた実力を見てきました。だからまったく心配していないですよ」

「ありがとう。そう言ってもらえると安心してきたよ……今日はもう寝ようか？」

「そうですね」

ハイデマリーにそう言われたら安心したのか、俺はそのまま朝まで寝てしまうのであった。

「熱は下がっているな。ハイデマリーは？」

「私も熱はないです」

「そうか……最後の確認だ」


少し出た熱は無事に下がっており、抗体ができた証拠なのだけど、最後の確認が残っていた。

もう一度少量の血を抜き、事前に用意しておいた試薬に混ぜると、無職透明な試薬が鮮やかな赤色に変化した。

実はこれ、抗体の量をチェックする検査薬で、これだけ赤くなれば血液中に十分な量の抗体ができている証拠であった。

「これで無事に成功を確認できた。試薬が鮮やかな赤色になったのは、ウィルスが死滅して、抗体ができた証拠なのさ」

「やりましたね。オイゲンさん」

「ハイデマリーが助けてくれたからさ」

滅亡病の予防・治療に成功したので、あとは数名の人たちから血液を採取して、必要量の予防・治療薬を錬金するだけだ。

メルルとモア、ポーラさんにも予防・治療薬を投与しなければ。

「もう患者が出始めているけど、急げば重症化する前に予防・治療薬を投与できるはずだ」

「はい」

そのあとはメルルとモアにも手伝ってもらい、他にもロイエンタール侯爵からも血液の提供などをしてもらって、無事に滅亡病の予防・治療薬が必要量完成する。

すぐに商業都市ダスオンの住民全員に接種し、重症者すら一人も出さずに滅亡病を封じ込めることに成功したのであった。


「今回の治療・予防薬の報酬だけど、ロイエンタール侯爵に奮発してもらったから」

「あの……本当にいいのですか？」

「実はちょっと奮発した」

「うわぁ、いいお店ですね」


疫病騒動が終わった翌日、俺とハイデマリーはとある高級レストランに二人きりで出かけていた。

あの時二人で話した、ちゃんとしたレストランで食事をとりたいという願いを叶えるためだ。

予約しないと入れない高級なお店だけど、俺は十分に稼いでいるし、今回ハイデマリーは命の危険を冒してまで一緒に作業をしてくれたのだ。

このくらい奢って当然であろう。

ドレスコードがあるお店だったので、ハイデマリーの新しいドレスやアクセサリーも購入したけど、危険な作業だったのでこれくらいは出すのは、経営者として間違ってはいないはず。

彼女の美しいドレス姿を見ていると、むしろ正しいとさえ思う。

「いらっしゃいませ。これよりコースの料理を提供させていただきます」

この高級レストランのメニューはコースが一つしかないけど、それでも店内は満席だった。

それだけ人気がある証拠だろう。

「こちら、オーナーからでございます」

　そこそこ高い、料理に合うワインを注文したのだけど、なぜかオーナーがとても高価なワインを無料で提供してくれた。

「こんな高価なワイン。どうしてです？」

「疫病が流行したら、この商売は非常に難しくなるところでした。それを解決されたオイゲン様にお礼をと、オーナーが申しておりました」

「そういうことですか。では、ありがたくいただきます」

　ハイデマリーと高価なワインを飲んでみるが……美味しいかな？

　飲みやすいから美味しんだよ、きっと。

「それでは、前菜から始めさせてもらいます」

「ワインも美味しいし、盛り付けがとても綺麗ですね。食べるのが勿体(もったい)ないぐらいです。オイゲンさん、ありがとうございます」

　そういえば、コース料理は久しぶり……エリーの誕生日にご馳走(ちそう)したキリだけど、それも過去の思い出。

　ハイデマリーがとても喜んでくれているからよかったと思う。

「今日は美味しかったですね」

「そうだね。高価なモンスターのお肉も使ってあったね」

「竜のステーキって、もしかしたら豪炎竜(ごうえんりゅう)のお肉でしょうか？」

「多分そうだと思う」

　竜の肉は超のつく高級食材なので、ダスオンでも指折りの高級レストランであるあのお店にも卸されたはずだ。

自分たちが討伐した竜の肉のステーキは調理方法もよかったのでとても美味しかった。

「また二人であのレストランに食べに行こうか？」

「はい、是非！」

二人で楽しく話をしながら屋敷へと戻り、俺とハイデマリーはさらに仲良くなれたような気がした。

俺もオットー工房のオーナーとして、従業員と円滑（えんかつ）なコミュニケーションをとることは大切だからな。

と思ったのだけど、翌日俺は思わぬ騒動に巻き込まれることとなる。

「いいなぁ……ボクも、『レシュトワール』でオイゲンくんと二人きりでお食事したいなぁ……」

「ハイデマリーが羨ましいぜ。あたいも、一度くらいレシュトワールに行ってみたいなぁ」

「そうだね。私なら、予約もすぐに取れるんだけどなぁ……」

「……」

（オイゲンさん、みんなも誘わないと収まりがつかないと思います）

（みたいだね……）

どうも従業員たちの間で不公平感が出るという弊害（へいがい）があったようだ。

俺は、メルルとモアも同じようにレストランに連れていく羽目に……なぜかロイエンタール侯爵も……彼女はオットー工房の従業員じゃないんだけど、ハイデマリーに招待した方がいいと言われたのでそうすることにした。

みんな、とても喜んでいたからいいと思うけど。


「オイゲン君、また予防・治療薬の増産を頼む」

「またですか？」

「商業都市ダスオンは滅亡病の流行を抑えることができたけど、他の都市や貴族の領地では失敗したところが多いそうだ」

「錬金術師はいますよね？」

「当然いるけど、予防・治療薬を作れない者が王国の予想以上に多かったというわけさ。まあ、あれだけ露骨に錬金術師を王都や一部都市に集めればこうもなる。実際、王都は滅亡病の抑え込みに成功している」

「……わかりました」


滅亡病は、予想以上に広がっていた。

ブルネン王国以外でも流行の兆しを見せており、どこも治療・予防薬の確保で大慌てだそうだ。

優秀な錬金術師たちが集まる王都や一部大都市、大貴族領はすぐに予防・治療薬を用意して流行を抑え込んだ。

ところが、地方の貴族領、小さな町や村などはそうもいかなかった。

滅亡病は毒ヒドラ草の血液中に元からいるウィルスが人間の血液中で変性し、接触、空気感染するようになる。

外からの人の流れを止めれば流行しないが、交易や他からの人の流れをなくしては、その領地なり町が経済的に死んでしまう。

外からの人の出入りを完全に禁止するなど難しく、ブルネン王国もそれをすべての人たちに強制などできない。

貴族の領地は別の国のようなものなので、ブルネン王国もそれを強制できないのだ。

他の国も同じで、結果全世界規模で滅亡病が広がりつつあった。

予防・治療薬を作れる錬金術師の確保、もしくは予防・治療薬自体の確保に失敗したところは、成功したところから入手しなければならない。

「周辺の貴族や王国直轄地の小さな町や村が、このダスオンは早期に予防・治療薬を手に入れたという噂を聞きつけたのさ。高額でもいいからと、まるで雪崩のように依頼が入っている」

「依頼を受けたら作りますが、王国直轄地の町や村ですら王都は手当てしないんですね……」

「王都ばかり優先して拡張し続けたツケがきたのさ。それと同じ直轄地でも、優先的に手当てするところと、そうでもないところがある。ダスオンは後者だね」

この世界のすべての国は、貴族の領地と、王国が代官なり都督を派遣する直轄地で構成されているが、直轄地は纏まっているケースが少なく、貴族の領地とまるでモザイク模様のように配置されていた。

代官や都督でも、ロイエンタール侯爵家のように世襲していて、ほぼその貴族家の利権というか領地みたいな場所もあり、色々複雑なのは聞いていたけど……。

「ダスオンは名目上、王国直轄地ではあるが、世襲していた四大伯爵家が分割で統治しているようなものだった……今は、ロイエンタール侯爵家の領地みたいなものだね。その代わり、各地区長に任命されてくる貴族家に職禄を支払っているわけだが……」

　王都で余っている貴族たちが地区長として派遣されてくるので、ちゃんと職禄を支払う。

　この条件を呑んでいるので、ロイエンタール侯爵家は王家に支払う分担金をかなり減額してもらっているそうだ。

「その代わり、王都で職がないような連中だ。能力には期待できない。貰った職禄で遊んでくれていればいいんだが、世の中には無能な働き者がいるのだよ」

　その結果、ダスオンはゾンビ波の時にてんでバラバラに動いて、ロイエンタール侯爵家以外は自滅して消滅してしまった。

　腰掛け地区長で赴任していた貴族たちも、ゾンビ波のせいで一家が全滅したり、王都に逃げ帰ってしまい、任期中に解任された者も多かったそうだ。

「逃げ帰った連中の方がマシだけどね。二度と職禄は得られないだろうが、家禄は王国から支給されるからね。下手にゾンビ波に対処しようと思った家ほど悲惨なあり様なので、働けばいいってわけでもないのさ」

　無能な働き者問題かぁ……。

「今残っている、腰掛け地区長たちだけど、職禄だけ貰って遊んでいるから助かっているよ。次の任期では受け入れる人数も大幅に減って楽になるしね」

　以前は、北、南、西、東各九地区で、一地区は四大伯爵家が地区長職を兼任していたから三十二名の貴族たちを受け入れていたわけか。

　三十二家の無駄飯食らい……。

　しかも、四大伯爵家の足を引っ張ったり、自分なりに動いた結果が最悪の状態を呼び起こしたりと、ロイエンタール侯爵も頭が痛かったのだろう。

次の任期では、新地区に統合されたので東西南北各四地区。

各一地区の地区長はロイエンタール侯爵家が兼任なので、三掛ける四で十二名……それでも十二名の無駄飯食らいを抱えないと駄目なのか……。

実質、商業都市ダスオンの領主になれたと考えれば、そう悪い話ではないのかな？

「王国もそこまでバカではなかったということかな。ゾンビ波で商業都市ダスオンが壊滅していたら大問題になっていた。その原因をできる限り取り除いたわけだ」

四大伯爵家というトップが存在しない統治体制と、三十二名もの席を埋めるだけの貴族たち。

不都合をできる限り減らし、ロイエンタール侯爵家の権限を増したわけだ。

統治に失敗したら当然交代になるのだろうけど、ロイエンタール侯爵なら大丈夫そうだ。

「うちは今のところ大丈夫だけど、問題は小さな貴族領と直轄地なんだよ」

錬金術師の奪い合いが発生している以上、零細貴族領と小さな町などは、還元液、保存液、中心石と併せ、錬金に技量が必要となる滅亡病の予防・治療薬の確保は難しいか。

「備蓄分を放出してもまだ足りないんだ」

「わかりました」

今は俺もハイデマリーたちも、というかこのダスオンの住民は一人残らず抗体ができている。

予防・治療薬の量産は簡単であった。

「これまで王都は、なんのために錬金術師を大量に引き抜いたんでしょうね？」

「王都に一点集中したツケで、巨大化した王都の需要を満たすので精一杯なのさ。それに、王都にいる貴族たちには、遠方や地方の小さな町なんて目に入らない。王都を広げれば国が発展すると考えて錬金術師を抱え込んでしまう」

実際王都では全住民が、すでに予防・治療薬の接種が完了していると聞く。

だが、膨大な需要を持つ王都へ錬金物を供給するのが最優先で、地方は後回しというわけか。

「完全に地方の切り捨てですね」

「そうとも言う。王家は地方を助けたいが、王都や大都市にいる多くの貴族たちが邪魔をする。そういう構図なのさ」

自分たちのことしか考えない貴族……大丈夫か？　この国。

「わかりました。急ぎ錬金します」

「頼む。材料の毒ヒドラ草の体液だけど、抗体がある冒険者たちに大量に獲りに行かせているから」

「工房で錬金に集中します」

どのくらい錬金すればいいのかわからないけど、人の命がかかっているからな。

報酬も出るから、頑張って予防・治療薬を錬金していこうと思う。

＊＊＊＊

「スタリオン殿、あのボルドーが経営していたザブルク工房の二代目でしたら、滅亡病の予防・治療薬も錬金可能かと思います。よろしくお願いします」

「任せてくれ。この僕にかかれば、滅亡病の予防・治療薬なんて簡単に錬金できるさ」

「おおっ！　それは頼もしい！」

なにが『任せてくれ』よ。

商業都市ダスオンを逃げ出して港湾都市シッタルに引っ越してきたばかりで功績が欲しいのはわかるけど、あなたは滅亡病の予防・治療薬なんて錬金できないでしょうに……。

依頼を引き受けないと、他所者（よそもの）の錬金工房が指定錬金工房にはなれないから仕方がないのでしょうけど、私は引き受けるつもりはないわよ。

「フランソワ、どうしてだ？　もしや、予防・治療薬を作れないのか？」

「作れるわよ」

「ならどうして？」

「あら知らないの。滅亡病の予防・治療薬を錬金するには、信用できる助手が必要なのよ」

滅亡病の予防・治療薬の錬金には大きなリスクがある。

主な材料である毒ヒドラ草の体液を取り扱うので、滅亡病に罹患しやすくなるからだ。

体内に入った病気の素（もと）が発病を促（うなが）すまで平均で二日とは言うけれど、もっと早いケースも多い。

発病した時点で、その錬金術師はほぼ作業が不可能になってしまう。

優秀な助手の存在が必要なんだけど……私の優秀な助手がスタリオン……ないわ。

こいつは自分が天才で錬金術の才能があると思っているけど、私の見立てでは、これからどんなに努力しても二流の下がいいところ。

そもそも、スタリオンが努力なんてしないわ。

港湾都市シッタルに来ても、有力者の夫人や娘たちに色目を使って気に入られるよう、社交界に出入りしているだけ。

それでも彼は顔がいいから、おかげでザブルク工房の仕事は増えているけど。

私も今のところは妻として相手をしてもらえているし、私がいなくなればザブルク工房は詰むから扱いも悪くなく、私とスタリオンの関係はお互い持ちつ持たれつなのよ。

でもねぇ……さすがに、スタリオンを助手にして滅亡病の予防・治療薬を作ろうとするほど私も能天気ではないわ。

「助手が務まるのは、治癒魔法を使える神官か、治療薬（中）を単独で作れる錬金術師ね。あれから錬金の練習は順調なのかしら」

「ああ、順調だよ」

ウソおっしゃい。

たまに思い出したように練習して素材をことごとくゴミにし、最後に治療薬（小）を慰めで錬金するだけか、少々の美容効果がある化粧品しか錬金できないのがあなた。

スタリオン、あなたは死ぬほど努力しないと確実に今のままよ。

「助手だと？　そんなものは雇えばいい」

「無理よ」

すでに港湾都市シッタルでは滅亡病の患者が出始めていて、今から錬金しないと間に合わない。

それに他の錬金術師と言っても、港湾都市シッタルは錬金術師の引き抜き競争の負け組よ。

今から助手ができる錬金術師は揃えられないわ。

「フランソワの評判が悪いからだ」

「言ってくれるわね」

確かに私は、港湾都市シッタルでは多少傍若無人に振る舞っていたので嫌われているけど、今は非常時なの。

必要なら、助手の派遣くらい港湾都市シッタルの都督が命じれば済む話よ。

それができないってことは、助手になる錬金術師すらいなくなったってことね。

「なぜだ？　ここは港町じゃないか。港町は重要拠点だろうに」

「寂れつつある、ね」

ブルネン王国において海運を使った物流は、王都に近い港湾都市シーランドに移りつつあるわ。

だから王国もこのシッタルを助けてくれない……優先順位は低い。

それにこのシッタルは内海にある港で、外海に繋がっていて外国と交易をしている港湾都市シーランドとどちらが優先されるべきか……子供にでもわかる話ね。

「つまり、滅亡病の予防に失敗したら終わりか？」

「終わり……滅ぶわけではないけどね」

ただ現状で王国が助けられない以上、シッタルでは多くの犠牲者が出るはず。

それも若い男女ばかり……長期的な衰退は避けられないと思う。

「……」

「どうするの？　スタリオン」

無謀にも、私の助手を買って出る？

私は嫌だけど。

「やはり辛気臭い田舎は僕には合わない。ならば、この国の王都オーパーツを新天地としよう！

このようなしみったれた港町、僕が拠点とするにはショボすぎる」

やはりそうするのね。

まあ私も、あなたと一緒に滅亡病の予防・治療薬を錬金するなんて嫌だから好都合よ。

スタリオンがどこでザブルク工房を経営しても、私がいなければ口と顔だけでろくに役に立たないのは同じだから、あなたが私を妻として扱い、ちゃんと決められた報酬を支払うのなら、どこまでもつき合ってあげる。

＊＊＊＊

「港湾都市シッタルで滅亡病の患者が大量に発生？　錬金術師はなにをしていたんですか？」

「優秀な者たちはほとんど引き抜かれてしまってね……港湾都市シッタルは内海の港だからね。で、かのザブルク工房があてにされていたくらいなんだよ」

「スタリオンが？　あいつ、シッタルに逃げ込んでいたんだ……」

予防・治療薬の大量生産を終えて数日後。

ロイエンタール侯爵から、港湾都市シッタルにおいて大規模な疫病が発生しているという情報を聞いた。

さらに、東地区から逃げ出したスタリオンが、逃げ込んだシッタルからも逃げ出したという事実と共にだ。

多分、また大言壮語しておいて予防・治療薬の錬金ができないから、コソコソ逃げ出したんだろう。

「フランソワという優秀な女性錬金術師がいたと記憶しているけど、彼女でも駄目だったのかな？」

「パートナーが見つからなかったのでしょうね」

予防・治療薬の錬金はペアでやるのが常識だ。

一人でもできなくないけど、まともな錬金術師ならまずやらない。

俺だって、ハイデマリーという優秀な治癒魔法使いがいたから引き受けた……俺は元々彼女をあてにしていたんだな。

「彼女は優秀な錬金術師なのでしょう。スタリオンがあてにならないと理解しているのですから」

「オイゲン君も言うね。他の工房の錬金術師はどうなのかな？」

「目ぼしいのは引き抜かれていたんでしょうね。初見でペアを組んでやる錬金じゃないですよ」

ハイデマリーは錬金術師ではないけど、優れた治癒魔法使いであり、パーティメンバーにしてオットー工房の従業員でもある。

能力があり、お互いに勝手が知れている間柄というわけだ。

「しくじれば、滅亡病に罹患してしまうんです。いきなりよく知らない人とは組めませんよ」

「なるほど、確かにそのとおりだ。しかし、スタリオンなら顔がいいからペアを組むことを了承する女性錬金術師がいそうだがね」

「どうでしょうか？」

目ぼしい女性錬金術師がもういなかったというのもありそうだけど、スタリオンは悪知恵が働いて保身にも長(た)けている。

女性錬金術師に言い寄られても、彼の方から断った可能性が高かった。

なにしろ奴(やつ)は、錬金術師としては未熟もいいところなのだから。

「とにかく、助けに行かなければ。今ならほぼ救命できるそうだ」

「全員は無理ですか……」

「すでに大量に罹患しているそうだ。重症化した人たちの中からの死者は避けられない」

ロイエンタール侯爵は、急ぎ港湾都市シッタルに軍勢を派遣して全住民に治療を行った。

運よく数名の死者で済んだそうだが、なんと港湾都市シッタルを統治していた都督が王都へと逃走してしまい、統治の空白ができたとかで、なぜかロイエンタール侯爵が尻ぬぐいをする羽目になってしまった。

なぜか港湾都市シッタルの都督にも任命されたようで、二つの都市を抱えて彼女はますます忙しい日々を送ることになってしまうのであった。

この世界の貴族たちは、無責任な奴が多いよな。

第三章　クリーク王国

「交通システムを、港湾都市シッタルにも設置するんですか？」

「今の私が往復一週間以上も時間を無為にできないのでね。悪いが設置をお願いしたい」

「設置は構わないのですが、距離があるので莫大な魔力を消費しますよ」

「時間には代え難い。魔力はモンスターの魔石でもいいのだから、運賃を取れば大丈夫だ」

「わかりました……」


滅亡病の流行により、港湾都市シッタルの統治システムは崩壊した。

都督を務めていた某貴族は疫病が怖くて家族ごと王都に逃げるという大失態を犯し、そのまま世襲していた役職を解かれたと聞く。

よく改易されなかったなと思うが、その貴族は王都で有力な大貴族の遠戚で、王家も配慮しなければいけなかったそうだ。

ブルネン王国は王家の力が弱く、大貴族たちに連帯されると、もう手が出ないといった感じだ。

まあ、他の国も同じようなものらしいけど。

中央集権ではなく、貴族たちの中で一番有力なところが王家になった。

時を経るに従い、王家は徐々に直轄地を増やして力を増してはいるが、有力貴族たちの抵抗が激しい、といったところか。

そのブルネン王国だが、他国同様滅亡病の対処で忙しいようだ。

王都といくつかの地方都市、大貴族たちの領地は大丈夫だが、中規模以下の貴族たちや小さな町などでは予防・治療薬が用意できず、滅亡病の流行が始まっていた。

そこに、ようやく王都で増産を始めた予防・治療薬を送り込むのに忙しいようだ。

王都や大都市以外で安全なのは、商業都市ダスオンと港湾都市シッタルと、その周辺の町や貴族領のみであった。

ロイエンタール侯爵の依頼で、俺が大量の予防・治療薬を錬金したのが功を奏していたからだ。

港湾都市シッタルでは数名の犠牲者が出てしまったが、他の国だと村や町、零細貴族の領地が壊滅したなんて噂も聞くので、それに比べたらマシなのであろう。

滅亡病の厄介なところは、老人と子供は滅多に罹患しないというおかしな特徴を持っていて、その代わりに働き盛りの若者たちが根こそぎ死んでしまうので、そのあとの復興に大きな支障が出てしまう点だ。

老人と子供だけになってしまうので、そのあとに食料不足となって飢え死にしてしまうケースも多く、滅亡病とは言い得て妙なのだ。

以上のような理由で、港湾都市シッタルはロイエンタール侯爵が都督職を兼任することになった。

どんどんロイエンタール侯爵家の力が増しているように見えるが、港湾都市シッタルは内海の港で、対岸にあるクリーク王国と船を使って貿易しているだけであった。

滅亡病のせいで経済的にも大ダメージを受けてしまい、ブルネン王国からすればロイエンタール侯爵家に押しつけても問題ないと判断したのであろう。

対岸のクリーク王国も滅亡病の対策に忙しくて現在は船がストップしており、疫病が広がるのを防ぐため、双方交易を停止している状態だ。

「よって、商業都市ダスオンと移動魔法陣板（トランスファーサークルボード）、切り替え器（チェンジアプライアンス）を用いた交通システムを整備し、経済を回復させなければ港湾都市シッタルは衰退してしまう。報酬は弾むので頼むよ、オイゲン君」

「わかりました」

　ロイエンタール侯爵からの依頼を承諾（しょうだく）し、俺たちは急ぎ港湾都市シッタルへと向かうのであった。


「ここが、臨時のザブルク工房だったのか」

「肝心の主は逃げ出したけどね。スタリオンは無責任だなぁ」

「その決断力は、ある意味凄（すご）いと思いますけど……」

「あたいは絶対に真似（まね）したくねぇ」

　港湾都市シッタルにおいてロイエンタール侯爵から依頼された移動魔法陣板（トランスファーサークルボード）、切り替え器（チェンジアプライアンス）の錬金をすることにしたが、ちょうどいい場所があった。

　ダスオンから逃げ出したスタリオンがザブルク工房として借りていた場所だそうで、その前は後継者不在で潰れた錬金工房だったとか。

　すぐに作業できるくらいすべて揃っており、スタリオンたちはよほど慌てて逃げたようだ。

　おかげで、滅亡病には罹患しなかった……はずだ。

　なにしろあいつは運がいいからな。

「どこに逃げたのでしょうか？」

「さあ？　他国って線もあるかも」

　錬金術師は常に不足しており、他国に逃げても腕がよければ……スタリオンが駄目でもフランソワがいればいいのか……というか、あいつはいらないんじゃぁ……。

「やっぱりイケメンは得だな」

「私は、ああいう軽薄な男性は嫌いですけどね」

「ボクも」

「ぶん殴りたくなってくるよな。あいつは」

うちの女性陣には、スタリオンは人気がないんだな。

「作業に戻るか……移動魔法陣板（トランスファーサークルボード）、切り替え器（チェンジアプライアンス）を何セット錬金すればいいんだろう？」

「とりあえず二十セットだそうです。あと、中心石と還元液も四セットずつ」

港湾都市シッタルは、大体商業都市ダスオンの四分の一くらいの規模で、内海の港町だからこんなものかな。

俺は急ぎ移動魔法陣板（トランスファーサークルボード）、切り替え器（チェンジアプライアンス）、中心石、還元液を錬金していく。

そして、それらを急ぎロイエンタール侯爵家の家臣たちが運び出して設置工事を開始。

港湾都市シッタルは、移動魔法陣板（トランスファーサークルボード）を用いて商業都市ダスオンへ一瞬で移動できる交通システムが設置された、全新四地区からなる港湾都市へと変貌（へんぼう）を……見た目はあまり変化はないけど。

「都市の間を行き来できる交通システムは、王都にもない代物でね。オイゲン君は腕がいいね」

「構造自体は、ダスオンのものと同じですよ。移動魔法陣板（トランスファーサークルボード）は移動距離が長いと使用魔力が大幅に増すので、コストの問題かな？」

「港湾都市シーランドは、王都から徒歩で丸一日の場所にある。商業都市ダスオンと港湾都市シッタルよりも消費魔力量は少なくて済むはずなんだけど、移動魔法陣板（トランスファーサークルボード）は設置されていない。どうしてなんだろう？」

「新規に移動魔法陣板（トランスファーサークルボード）、切り替え器（チェンジアプライアンス）を錬金できないとか？」

「さすがにそれは……余裕がないのかな？　ちょうど予防・治療薬の需要が増したのもある」

「王都ほど色々と錬金術を用いたインフラがあると、その維持で余裕がないのかもしれません」

「特級錬金術師フライヤーの死は堪（こた）えただろうが、彼は長い間昏睡（こんすい）していた。元々戦力としてではなく、精神的な支柱として生かされていたわけで……もしや、もう一人の特級錬金術師ミストも体調が悪いのか？　よりにもよってこの時期に？　確証はないが、情報を探らせるか……」

　王都は、ひたすら拡張し続けてきた。

　当然その維持には手間がかかり、もしかすると滅亡病の件も含めてかなり余裕がないのかもしれない。

　だからこそ、港湾都市シッタルをロイエンタール侯爵に押しつけた可能性もあるのか。

「王都のことに私が口を出しても、いい顔をされないどころか縄張り荒らしなので他の貴族たちから攻撃されるだけだ。王国より港湾都市シッタルを任された以上、なるべく早くクリーク王国との交易を再開しなければ、職務怠慢で罰せられるかもしれないのさ」

「（疫病で衰退した港町を押しつけておいて、それないよなぁ）向こうはどうなっているのでしょうか？」

「それを知るためにも船を出す！　オイゲン君頼むよ」

「わかりました」

港湾都市シッタルの様子は落ち着いたので、次は対岸にあるクリーク王国との交易の再開か……。

早速ロイエンタール侯爵が船を出すそうで、なぜか俺たちもそれに同行することになってしまった。

お世話になっているし、海外旅行と考えれば……ここはお互い様ってことで。

「商業都市ダスオンと港湾都市シッタルのことはいいんですか？」

「オイゲン君、私はあくまでも繋ぎの臨時当主なのだ。我が弟は将来必ず当主にならなければならない。これは試練だよ」

つまり、普段の仕事は弟君に全部押しつけるわけか。

大丈夫なのかな？

「統治者としての才能はルアンの方が優れているからね。家臣たちもいるから大丈夫だよ。それにだ」

「それになんです？」

「どうせ他は滅亡病の対処で忙しい。普段うちに大々的にちょっかいをかけたり、足を引っ張るような連中も忙しいのさ」

「なるほど」

それもどうかと思うけど。

そんなわけで、港湾都市シッタルからロイエンタール侯爵家がチャーターした船が、対岸にあるクリーク王国を目指して出発したのであった。

「オイゲンさん、なにか釣れますか？」

「魚が数匹釣れたよ。これ、食べられるかな？」

「どうでしょうか？」

「旦那、試しに毒があるか調べてから焼いてみようぜ」

「いいね、焼き魚」


港湾都市シッタルとクリーク王国の港町エルクに挟まれるようにしてある内海は、その昔は外の海と繋がっていたそうだ。

今は閉じているが、地球の死海みたいに塩分濃度が徐々に上昇してはいなかった。

雨水が流れ込んだり、海底から湧水や温泉が噴き出しているそうで、塩分濃度は外海とあまり差がないと聞く。

そのためか、船の上から竿を下ろすと、アジやサバっぽい魚がチョロチョロと釣れた。

「内海は瘴地ではないんだな」

「瘴地の海はないんだってさ」

モアに教える俺も、本の受け売りだったけど。

「外海には、瘴地ではないのに水生のモンスターが出現するって親父が言ってたな」

内海は閉ざされているので、モンスターがいないそうだ。

「モンスターなら冒険者が倒せばいいけど、疫病は困るよね」

港町エルクも、クリーク王国からの命令で交易船を止めたというのはわかっていた。

交易先で下手に疫病を伝染すと、最悪国家間で戦争になりかねないからだ。

わざとやったのではないかと、勘繰られるかもしれないからであろう。

「我々はすでに抗体があるから、確認に最適……ダスオンやシッタルの住民なら全員が大丈夫だけどね。見えた！」

内海は小さいので、半日ほど船を走らせると港町エルクに到着した。

到着したのだけど、出迎えの人がもの凄く少ないような……。

「あんたら！　滅亡病が伝染るぞ！　帰れ！　帰れ！」

「交易は禁止のはずだぞ！」

港町エルクの住民たちであろう。

交易は禁止だと、俺たちに対し接岸しないように大声で叫んでいた。

「港湾都市シッタルの都督ロイエンタール侯爵である！　私は港町エルクの様子を見に来たのだ！　大丈夫か？」

「ああ、この港町エルクは早期の封鎖が効いて疫病に罹患した人はいない。だが……」

「港町エルクの外か……」

「噂だと、王都クリークドルクで疫病が猛威を振るっているとか……。予防・治療薬を錬金できる錬金術師がいないらしい。みんな、他国に引き抜かれたそうだ」

「まあ、うちの王様はなぁ……ケチで守銭奴だからよぉ」

「えらい言われようだな」

というか、そろそろロイエンタール侯爵以外でまともな貴族や王様出てきてくれ。

「事情はわかった。我らは滅亡病の予防・治療薬を持っている。提供するので、上陸の許可と情報が欲しいのだ」

「わかりました。予防・治療薬があるのならありがたいです」

「いつ罹患するか、我々も内心恐ろしくて……こっちに船を接岸してください」

エルクの住民の誘導で船を接岸した俺たちは、急ぎ全住民への予防・治療薬の投与を行った。

幸い、本当に一人の患者もいないようだ。

その代わり、徹底的に他者の流入を禁止しているので、エルクには閑古鳥が鳴いていたが……。

「外の様子はどうなのだ？」

「それが……こっちに来てもらえますか？」

若い男性住民に誘導され、俺たちはエルクの東側出口に到着した。

するとそこには、バリケードが設置され、エルクの若い男性たちが槍を持って他所者の侵入を防いでいた。

バリケードの外には難民キャンプがあり、多くの若い男女が横になっていた。

子供や老人が面倒を見ているが、かなり重症者が多いようだ。

「急ごう」

「はい」

「ボクは治癒魔法を使えないから、予防・治療薬の投与と魔力供給に徹するよ」

「あたいは、まだ予防・治療薬が必要になるかもしれないから、錬金の準備に入るぜ」

「みなさんは、予防・治療薬を接種してから、他の人たちに同じように投与してください」

警備をしていたエルクの住民たちに予防・治療薬の入った瓶を渡し、自分たちが受けたのと同じよう避難民たちにも接種するように頼んだ。

「わかりました」

「可哀想だけど、町に入れたら我々も罹患してしまうので、ちょっと後ろめたかったんです。ありがとうございます」

予防・治療薬の接種を終えた住民たちも手伝ってくれて、避難民たちの治療はスムーズに進んだ。

だが残念なことに、すでに数十人くらい死者が出ており、避難民キャンプの端に死体が安置されていたが、やはり若い男性と女性ばかりであった。

地球なら、こんな奇病はあり得ないのだけど……。

治療薬と治癒魔法も遠慮なく使い、死者と一部の体調不良者を除いて、避難民たちはほぼ健康体に戻ったが、そんな彼らの口からさらに恐ろしい話を聞いてしまう。

「我々は、王都やその周辺の村や町、領主様の土地から逃げてきたのです。どこもかしこも、滅亡病の患者ばかりでして……」

「それは何日前なのだ？」

「三日ほど経っています」

「それは厳しいな……」

厳しい表情を浮かべるロイエンタール侯爵。

治らなかった重症者が死ぬのが、ちょうど一週間くらいだからだ。

しかもロイエンタール侯爵は、港町エルクでクリーク王国の様子を探るために来ている。

内陸部への移動は考えていなかったはずだが、こうもクリーク王国内の状況が悪いとなると……。

彼女はどうするのであろうか？

「……王都にお伺いを立てている間に沢山の人が死んでしまうな……。仕方がない、おい」

「はっ！」

ロイエンタール侯爵は、近くにいる家臣に声をかけた。

「仔細をルアンに伝えてくれ。王都への対応を任せる」

「それはなかなかに難しい宿題ですね」

「そのくらいやってもらわなければ、私も安心して引退できぬよ。どうせ王都のなにもわかってないクソ貴族共が、ロイエンタール侯爵家はブルネン王国に反抗する力を得るため、クリーク王国に攻め込んだとか抜かすに決まっているのだ。上手くかわせと伝えてくれ」

「畏まりました」

「ですが……瘴地を縦断しないと近隣の村や町、ましてや王都には行けません。時間がかかります」

「そんなもの、強行軍でなんとかする。エルクの住民や避難民たちの中にも冒険者はいるはずだ。悪いが、戦力に組み込ませてもらう。時間がない！　急げよ！」

ロイエンタール侯爵の決断は早く、すぐに即席の軍勢を組むと進撃を開始した。

「時間がないから、魔法で薙ぎ払うよぉーーー！」

「せっかく追加で予防・治療薬を錬金したってのに、間に合わなかったら意味がないからな」

天才魔法使いであるメルルも前に出て、こちらの進路を妨害するモンスターたちを魔法で次々と倒していった。

「予防・治療薬を投与してから、抗体ができるまで解熱剤と治癒魔法で症状を緩和します。やはり重症になってしまうと、死者が増えてしまいますね」

ハイデマリーは、神官たちと共に到着した村や町で生き残っている人たちの治療を開始した。

それで助かった人も多いが、すでに亡くなっている人、治療の甲斐もなく亡くなる人も多い。

推定だが、全体の二～三割の若者ばかりが死んでいる。

年寄りと子供はほとんど死なないし、発病もしない……いや、症状が出ないのか？

ただ、残された彼らは一家の働き手を失っている。

すでにクリーク王国は統治機構が崩壊しているようで、ロイエンタール侯爵の軍勢が村や町に迫っても、他国からの侵略だと騒がれることもなく、逆に助けてくれと懇願されるあり様だった。

「おかしくないですか？　貴族たちはどこにいるのでしょうか？」

エルクもそうだったのだが、代官をしているはずの貴族やその家族がいないのだ。

地図に従って村や町、貴族の領地を救援して回っているが、やはりそこにも貴族たちはいなかった。

残された病人や住民たちに聞くと、『火急の用事で王都に行く！』としか聞いていないらしい。

そのせいか、この一週間ほどでクリーク王国西部のかなりの部分が、ロイエンタール侯爵家の統治下に入るという、奇妙な状態に陥っていた。

なにしろロイエンタール侯爵家は、他国であるブルネン王国の貴族なのだから。

「食料、生活用品、解熱剤、錬金物。なにもかも足りない」

おかげで俺たちは、接収した錬金工房を拝借して様々な錬金物を作っているあり様だ。

作っても作ってもキリがなく、モアが追加で錬金した分だけではまたも足りなくなり、予防・治療薬をまた作り始めた。

そして完成した予防・治療薬だが、ロイエンタール侯爵家の兵士たちが地図を頼りに、クリーク王国中を回って住民に投与をしている状態だ。

「やはり、二割は死んでいるな。滅亡病の流行は数十年に一度くらいの頻度で起こるが、今回ほどの大流行は四百年前のそれによく似ている。詳細を古い記録で読んだが、偉大な錬金術師アルケミスが予防・治療薬を開発するまでに滅んだ国もあるそうだ」

俺たちの様子を見に来たロイエンタール侯爵だが、かなり疲れているように見える。

それもそのはず、いくら優秀でも彼女はまだ二十歳の女性で、それが現在、隣国のかなりの領域を臨時で統治しているという、わけのわからない状態なのだから。

「ブルネン王国は、なにか言ってこないのですか？」

「そんな暇はなかったみたいだね。現在、王家と貴族たちの水面下での争いが始まっているらしいから。ルアンからの情報さ」

「こんな時にですか？」

「オイゲン君、こんな時だからだよ。幸い、王都、いくつかの大都市、大貴族の領地などは予防・治療薬が間に合って混乱が少なかった。だけど……」

小さな町や村、中規模以下の貴族の領地などでは、いまだ予防・治療薬がないところが多く、滅亡病への恐怖から、人の出入りを禁止しているところが多かった。

それでも滅亡病の罹患者が出始めて、大騒ぎになっているところもあるそうだ。

「むしろこれからが問題だね」

「王国は、予防・治療薬を提供しないのですか？　王都にあれだけ優秀な錬金術師を抱えているのに……」

彼らに予防・治療薬を作らせ、町や村に配布すれば済む問題ではないか、と俺は思うのだ。

「ようやく増産を開始して配り始めたけど、もうこれ以上生産量を増やせないそうだ。どうやら私たちは、王都の貴族と錬金術師たちを高く見積もりすぎたようだね」

ロイエンタール侯爵によると、王都の錬金術師による予防・治療薬の生産量はこれ以上増やせないらしい。

「想定していたよりも、予防・治療薬を錬金できる錬金術師が少なかったのさ。さらに、予防・治療薬の買い取り金額がかなり低い。錬金には危険を伴うのに、安く買い叩かれる。錬金を断る錬金術師が多いわけだ。報酬が安いから錬金を断ったのか、それを理由に自分が錬金できないことを誤魔化したのか素人には判別がつきにくい。同時に、王都は錬金物の一大消費地でもある。安全に作れて利益率が高いものを優先したいのが本音だろうね」

　そこを上手く調整するのが為政者の仕事なんだけどなぁ……。

「錬金物には、貴族御用達の贅沢品や高級品も多いだろう？　王都で年金だけ貰って遊んでいる貴族たちはそれがなくなると困るから、そっちを作れと言う。他の貴族の領地や、地方の見たこともない小さな村や町なんてどうでもいい。これが本音なのさ」

「救いがない話ですね」

「困ったことに、他国も滅亡病の対策で忙しくて交易を中止している。王都や大都市単独で見れば、予防・治療薬の錬金よりも、住民に潤沢に錬金物を供給した方がお金が回るわけだ」

　流通と人の流れが絶たれると、こうも悲惨な状況になるとは。

　実際、現在ロイエンタール侯爵家が押さえているクリーク王国領内では、商業都市ダスオンと港湾都市シッタルが必要な物資の輸送と供給を担っており、すでに王都クリークドルク以外の大半の領地は、ロイエンタール侯爵家が占領しているような状態なのだ。

「貴族たちが一人もいないのが理解できませんね」

「クリーク王家の命令で、彼らが王都クリークドルクに集まっているのは確かなんだ。だけど……」

クリークドルク内部の様子は守りが厳重で窺い知れず、クリークドルクから出てくる人間も一人もいなかったから、情報を聞き出すことすらできない。

そう偵察部隊から報告を受けたロイエンタール侯爵は、クリークドルクの内部でなにが起こっているのか、いまだに掴めていなかった。

無理にクリークドルク内部に入ろうとすれば戦争になるかもしれず、強硬手段を取りにくいのだろう。

「ただ、貴族たちがこんなことをしてしまえば、その結果は容易に想像がつく」

「俺もなんとなく想像がつきますけど……（俺にしていい話なのか？　これ）」

今ふと思ったのだけど、どうしてロイエンタール侯爵って俺に重要な情報を伝えたり、相談に来るんだろう？

俺はただの錬金術師なのに……聞かれれば答えるけど。

「突然領地の統治と滅亡病への対策を放棄し、王都に家族と主だった家臣たちだけを連れて逃げ出したのだ。そんな彼らに絶望し、我らに縋ってきても仕方がないさ」

そりゃあ、いくら長年自分たちを統治してきた主君でも見限るよなぁ……。

しかも王都に逃げたキリでなんの連絡も……滅亡病のせいでできないんだけど。

「はっきり言って、このクリーク王国は小国で、貧しいまではいかないが、有力な錬金術師たちが他国に引き抜かれてしまうほど余裕がない」

そう言われてみると、現在、クリーク王国に残留していた錬金術師たちにも材料を供給して必要な錬金物を作らせているのだけど、評価できる人は少なかった。

腕のいい人たちを主に引き抜いたのが、ブルネン王国というのが救いのない話なのだけど。

「予防・治療薬を自前で用意できなかったのさ」

「それでよく独立国と言えますね」

もし滅亡病が流行したら、滅亡してしまうじゃないか。

「元々、クリーク王国はクリーク辺境伯領だったんだよ。クリーク王家は、ブルネン王家とも親戚関係にある大貴族だったのさ」

ところが、先代のクリーク辺境伯が勝手に独立してしまったのだという。

「おおよそ三十年ほど前かな？　クリーク王国領は、周囲を山脈に囲まれている。攻め口が内海しかないわけだ。そこを守ればいい。ブルネン王国もわざわざ予算をかけて内海に水軍を浮かべるのを嫌がった」

仕方なしに独立は認められ、内海を経由した貿易は続くことになったが、錬金術師の引き抜きなどの嫌がらせは続き、滅亡病の流行でクリーク王国は一気に崩壊したわけだ。

「王都に閉じ籠って籠城しているのでしょうか？」

「そういう風に見るのが普通なんだけど、わずかに知れた情報によると、王城に籠って儀式めいたことをしているらしい」

「儀式ですか？」

「この状況で貴族たちを集めてやる儀式となると、疫病を退散させるものだろうね」

科学全盛の世界から来て、魔法、錬金術という非科学的なものを嗜んでる俺が言うのもなんだけど、儀式で疫病はなんとかできないだろう。

藁にも縋る思いで庶民がやるのはまだ理解できるけど、一番の責任者である王様と貴族たちがやることではない。

「儀式ねぇ……ハイデマリー、教会にそんなものあるの？」

「ありませんけど、クリーク王国ですよね？　昔からこの地方に根付く原始的な信仰がありまして。今は教会の教えを受け入れ、当然教会もありますけど、今でもそれを信じている人は多いです。クリーク王家と貴族たちもそうでしょう。彼らは古い支配者の子孫ですから」

疫病を神様になんとかしてもらうため、謎の儀式とやらをしているのか……。

「疫病に儀式が効くのかな？」

「メルル、多分効かないと思うぞ」

「だよねぇ、儀式でなんとかなるのなら誰も苦労しないはずだもの」

もしかして、プラシーボ効果が？

儀式でプラシーボ効果もクソもないか。

「ハイデマリー、どんな儀式なんだ？」

「それが、あまりいい儀式とは思えません。なにしろ『破邪の儀式』という、生きた『フォレストバッド』を殺してイケニエに捧げるものなので……」

モアの問いにハイデマリーが答えるが、彼女は神官だからかそういうことにも詳しいようだ。

「生きたままモンスターを捕らえて、儀式で殺すのか？　うげぇ」

「生き血じゃないと効果がないそうですので……あくまでも彼らの言い分ですけどね」

イケニエって……しかもモンスターの生き血をか。

フォレストバッド自体は大型のコウモリ型モンスターで、かなり弱い部類に入る。

複数の冒険者でやれば生け捕りも難しくなく、それを儀式で殺して生き血を捧げるのか……。

「面倒なことをするよね。全然効果がないのにさぁ」

論理的に魔法陣の構築をしているメルルからしたら、儀式なんて無駄でしかないはず。

コウモリの生き血なんて、滅亡病のウィルスになんの関係もない……いや、待てよ……。

コウモリの血と言ったな、これはもしや……。

「ロイエンタール侯爵、最悪の事態を想定した方がいいです」

「最悪の事態？　聞こうか」

「滅亡病の病原菌ですけど、過去に性質が変化したことはないのですか？」

「性質が変化……老人や子供も罹患するようになるという意味かな？」

「それです」

ほぼ若い男女にしか感染しないはずの滅亡病が、ウィルスの変性により老人や子供にも罹患するようになってしまう。

その原因は、生け捕りにしたフォレストバッドの生き血を取り出して捧げる破邪の儀式だ。

もし滅亡病に感染している人が、フォレストバッドにウィルスを感染させてしまい、その血中でウィルスが変性を起こせば……。

まさかとは思うが、ないとは言いきれなかった。

「毒ヒドラ草の体液にいるものが、人間の血液で滅亡病を引き起こすようになるのです。フォレストバッドの血液でさらなる変性がないとも言いきれないです」

「なにも知らないというのは、ある意味最強なのかもしれないね。危険なことを解決策だと思い、王族、貴族を集めてやっているのだから」

俺の発言の意図が理解できたロイエンタール侯爵の顔が歪(ゆが)む。

多くの王族や貴族も、別に破邪の儀式に効果があるとは思っていないだろう。

ただ、これに参加しないで反逆を疑われるくらいなら……程度の気持ちなのだと思う。

同時に、王城に閉じ籠っていれば安全……ウィルスは見えないので、必ずしも安全とは言えないのだけど。

「王城の状況がわかれば……様子を探ろうにも、警備は厳重だからね」

王都なので王国軍が警備していないわけがないわけで、ロイエンタール侯爵は近づけもしないのだと現状を語った。

「なにか状況に変化がなければ……」

「失礼します！」

ロイエンタール侯爵がそう言ったからではないと思うが、突然ロイエンタール侯爵家の家臣の一人が血相を変えて飛び込んできた。

「どうしたんだい？　そんなに慌てて」

「それが、王都を防衛していたクリーク王国軍の将軍がこちらにやって来まして……」

「使者ってことかな？」

「使者ではないそうです。現在、クリークドルクにおいて滅亡病が流行し始めたと。しかも、その切っ掛けは王城からだそうで……。すでに多くの王族と貴族とその家族が罹患し、半数近くが死んでしまったそうです」

「滅亡病の変性ってやつかな？」

「そうですね。死亡率が高すぎる」

「しかし我々には、予防・治療薬があるからね」

「それは変性した滅亡病には効果がないかもしれません。その将軍に近づいた全員を隔離……できないか……」

あくまでも推測だが、その将軍は王城での惨状を見ている。

つまり変性した滅亡病に感染している可能性が高く、さらに彼の相手をしたこの家臣もだ。

「最悪、この地で多くの人間が死に絶えるか。さらにノコノコと様子を見に来たブルネン王国の人間が王都に変性した滅亡病を持ち帰れば……」

これは困った……俺は医者じゃないってのに……。

「オイゲン君」

「時間がありません。新しい予防・治療薬を錬金します」

従来の予防・治療薬と同じ方法で錬金できる保証もなく、それでもこのまま放置すればロイエンタール侯爵家が滅亡病で壊滅してしまう。

このまま逃げてもいいのだけど、どうも都合が悪くなるとすぐに逃げ出すのは性に合わない。

俺が真面目ってことではなく、スタリオンと行動が被るからだ。

むしろ、すぐに逃げ出して立て直せるスタリオンの方が人生勝ち組かもしれないな。

「まあいい。罹患しても半々で生き残れるはずだ。王城に向かいます」

罹患した人間の血液か、イケニエに捧げたフォレストバッドの血液があれば、新しい予防・治療薬が錬金できる……その可能性が高いだけだが、悩むよりも一秒でも早く行動すべきだ。

「俺が行きます。その将軍とやらに王城までの案内を頼みましょう。新しい滅亡病に罹患しないよう、兵士たちはなるべくクリークドルク内に入れないようにしてください」

クリークドルクの外にいれば、件の将軍と接していた人たち以外は大丈夫だろうからだ。

「とはいえ、君は貴重な存在なのだ。護衛はつける。護衛には事情を話して覚悟はしてもらう」

「そうですか……」

他国の王都に俺だけで入るのは難しいから仕方がない。

「急ぎ、王城へ向かってくれ」

「わかりました」

俺は、護衛の兵士たちとクリーク王国の将軍と共にクリークドルクの中心部にある王城へと向かうのであった。


「ハイデマリー、今回はいいのに」

「治癒魔法使いは必要でしょうし、私は慣れていますから」

「メルルとモアもか？」

「ボクが勝手についてきているだけだから、オイゲンくんは気にしないで」

「モアも……親父さんになんて言えばいいか」

「親父は、旦那を信用しているから大丈夫だって」

「しょうがないなぁ……」

「なるほど。凄腕の錬金術師とは女性にモテるものなのだな」

クリークドルクに入り、王城まで移動を続ける俺たち。

警備の兵士たちは、将軍が一緒にいるのを確認すると、すぐに通してくれた。

そして王城の正門にいる警備兵たちなのだが……。

「顔色が悪いぞ」

「どうもフラフラしまして……」

もう新しい滅亡病の流行が王城の外にまで広がった証拠であった。

「急がないと……。うっ、これは……」

それにしてもなにを考えているのか……。

玉座の間には、吊るされたフォレストバッドが数十匹もいて、大分気色の悪い光景になっていた。

そして、奥の祭壇には大きな壺に入った血が……。

イケニエにしたフォレストバッドの生き血であろう。

「これと……悪いが、まだ生きている罹患者から少しずつ血を採ってくれ」

「病人に対しなんてことを！」なんて、綺麗事は言っていられない。

ハイデマリーたちは、俺の命令どおり城内の各所で寝込んでいる王族や貴族たちの指をナイフで切り、少しずつ血を集めてきた。

「ありがとう、それはあとで使う。まずはフォレストバッドの血液からできる限り不純物を取り除き、ここに治療薬（大）を少しずつ混ぜていく」

多少普通の予防・治療薬と錬金方法が違うが、滅亡病のウイルスが変性したので錬金方法を変えないといけないからだ。

どうしてそういう方法に変えたのかは、これは俺の錬金術師歴十年の勘だ。

駄目なら……罹患しても治癒魔法をかけてもらいながらでも錬金は続ける予定だ。

「次に、集めた血液を共通化する」

全員血液型が違うので、共通化をしないと血液が凝固してしまうからだ。

「共通化した先ほどの血液を、治療薬（大）と混ぜたフォレストバッドの生き血とさらに混ぜる」

すでに、罹患者の血液の一部には抗体ができているが、重症ということは抗体の数が少なすぎるはず。

一部抗体ができつつある血液を、治療薬（大）で活動を活性化させたフォレストバッドの生き血に入っているウィルスでさらに攻撃させる。

するとさらに抗体が増えていき、しばらくすれば抗体の数が最盛期を迎える。

そこで、今度はハイデマリーに強い治癒魔法をかけてもらった。

混ぜたフォレストバッドの生き血と罹患者の血液を混ぜたものが青白く光り、これで新しい予防・治療薬の完成だ。

「さてと、早速投与してみるか」

「では、私から投与してください」

「わかった。次はすぐに俺も投与するから」

今さら、ハイデマリーに対し危険もなにもないか。

彼女は俺を信じてくれており、俺は彼女の信頼に応えるべくちゃんと錬金した。

ここで遠慮などせず、堂々と試せばいいのだ。

「次は、ボク」

「あたいも」

メルル、モア、そして俺。

続けて、将軍と護衛の兵士たちにも接種して、あとは急ぎ城内の人たちへの投与をお願いした。

彼らは慣れているので任せて安心であろう。

数時間後、俺たちは少し発熱して二時間ほどで熱が下がった。

新型滅亡病を防げる予防・治療薬は無事に成功した。

急ぎ手分けして、城内で寝込んでいる王族、貴族たち、王都の住民たちにも新しい予防・治療薬を投与していく。

結局、王都の住民たちは王城にいた連中のあとに罹患したため、老人を中心に二割近くの犠牲者で済んだが、王城内は最初に罹患した患者ばかりなので、五割近い人間が亡くなってしまった。

「新型の滅亡病は脅威だ」

幸いというか今のブルネン王国は、滅亡病のせいで人の移動が極端に制限されている。

すぐに商業都市ダスオン、港湾都市シッタルの住民も含めて新型の予防・治療薬を投与し、我々は一人も例外もなくクリークドルクに閉じ籠らなければならない。

どうせ掃除やら、死体の片づけ、崩壊した統治体制の整備で暇な人など一人もいないと思うけど……。

「オイゲン君、上手くいったようだね」

「あのぅ……ロイエンタール侯爵はここに入ってこない方がいいと思いますが……」

新型滅亡病の罹患リスクがなくなったわけではないので、すぐに城内に入ってこないでほしい。

「最悪、このクリーク王国領内を封鎖して、ルアンを新当主にすればいいのでね。それに、多少のリスクも負わなければいけない身なのだ」

「リスクですか？」

「ふと考えてみたんだが、我々は他国の疫病問題に首を突っ込んでいるように見えて、その実、すでにクリーク王国を完全占領したようなものだ。占領軍の総大将としては、クリーク王国の王族と貴族を捕らえなければいけないのだよ。卑怯な気もするけど、半分は生き残っていて、おかしな儀式で疫病をなんとかしようとする彼らのことだ。拘束しておかないと、あとで『領地を返せ！』なとと厚顔無恥な要求をしかねないのでね。ブルネン王国とクリーク王国は必要なので内海を介した交易はしているが、同盟関係でもなんでもない。占領されたクリーク王国が悪いのさ」

　結果的に俺たちは、隣国の疫病の様子を見に来たら、なし崩し的に過去に勝手に独立された隣国を占領してしまったのか。

　戦ったのはモンスターのみで、俺たちのしたことって疫病対策と救援活動のみだけど、それでも戦勝は戦勝ではあった。

「どのみち、一ヵ月は後処理に必要だ。クリーク王国の国民たちに新しい予防・治療薬を投与しつつ、閉じ籠って抗体ができるのと、新型滅亡病の終息を待つしかないね」

「そうですね」

　他に方法はなく、以上のような経緯でロイエンタール侯爵家は過去勝手に独立された隣国クリーク王国の占領に成功し、比類なき戦功を得たのであった。

　錬金ばかりで、俺たちは微塵も戦争をした自覚がなかったけど。

第四章　スタリオンの逆襲

「なるほど。これは豪華なパーティーだな。さすがは、第二王女主催というべきかな」

港湾都市シッタルから王都オーパーツに移住した僕はその才能を生かすべく、人脈作りのため、ブルネン王国の第二王女マリアンヌ様が主催するパーティーに参加している。

まだ僕には出席できる資格はなかったのだけど、ちょっと貴族の奥方と知り合いになって頼んだら、簡単に連れてきてくれた。

この僕の、人脈作りの才能の素晴らしさよ。

将来獲得するであろう天才的な錬金技術と合わせ、間違いなく僕は歴史に名を残す錬金術師となるはずだ。

容姿が平凡で、才能もないオイゲンとは大違いだな。

世間では滅亡病が流行しているが、王都はそんなものとは無縁だ。

こうして王女様が、直々にパーティーを開いているくらいだから。

「スタリオンさん、マリアンヌ王女にご挨拶に行きましょう」

「ご紹介いただけるので？」

「当たり前です。スタリオンさんは、素晴らしい錬金術師なのですから。シッタルの人たちはそんなあなたを追い出すなんて……」

少し話を盛ったけど、そのおかげで僕は王女様と知り合いになれるのだ。

長期的に見れば、この王国の利にもなるので構わないだろう。

「マリアンヌ様、お久しぶりでございます」

「あら、お久しぶりですね。こちらの方は？」

「最近、お化粧品や美容液を錬金してもらっている、錬金術師のスタリオンさんです」

「あら、とても格好いいお方ですね。それでいて錬金術師なのですか。天は二物を与えますのね」

「お初にお目にかかります。錬金術師のスタリオンです。ザブルク工房という錬金工房を経営しております」

王都には優れた錬金術師が多いが、このところ滅亡病のせいで彼らは軒並み忙しく、僕は供給不足に陥っている化粧品や美容液などを錬金して販売したら大儲け。

僕目当てで通う貴族令嬢や夫人が増え、その中で特に仲良くなった人からマリアンヌ王女主催のパーティーに連れてきてもらった。

「(マリアンヌ王女は……まあ綺麗な人ではあるな) 本日はお招きに預かり、大変光栄に思います。これは我がザブルク工房で錬金している化粧水でございます」

この化粧水には僕が錬金した治療薬（小）が少し入れてあり、ちょっとした傷やシミならすぐに消えてしまう。

今はこれで名前を売りながら、錬金術を鍛えて将来実力も認められるようになってやる。

「ありがとう、ザブルク工房の化粧水は評判がいいと聞いていましたよ」

他の高名な錬金工房が作ればもっと品質のいい化粧水が錬金できるけど、今は滅亡病への対処で忙しく、上手く隙間需要に入り込んだ僕の勝利というわけさ。

「スタリオン」

「はい」

「とても気に入ったわ。三日後にお茶会があるの。私のお友達にも化粧水をプレゼントしてくださらないかしら」

「マリアンヌ様のためならば、喜んで」

「ありがとう」

今回も上手く入り込めた。

ダスオン、シッタルと上手くいかなかったが、今度こそは……。

まあ王都で駄目でも、他の国でやり直せばいいさ。

なにしろ僕は、才能のある錬金術師なのだから。

＊＊＊＊

「マリアンヌ王女？　マリアンヌ王女って、このブルネン王国の？」

「当たり前だ。他に誰がいる？」

「それもそうね……」

錬金術師としては二流でも評価しすぎだと思うけど、スタリオンの積極性と女性に好かれる才能は認めてもいいかもしれないわね。

その顔のよさと、根拠もないのに自信満々な態度に魅かれる女性の多いことと言ったら。

私は自分の容姿を客観的に見れるから、スタリオンが私の錬金術師としての技術を囲い込むために結婚していることは理解している。

それでも私には利益があるので、彼が貴族の令嬢や奥方、マリアンヌ王女と仲良くしても問題はなく、ただ、さすがに彼でも、マリアンヌ王女に手は……わからないか。

それが問題になったら、彼を捨てて逃げれば問題ないわ。

もしかしたら、彼女に上手く取り入って大きくなるかもしれないしね。

スタリオンには錬金術師としての才能はないけど、ちょっと異質なものを感じる。

ただ顔がよくて女性受けがいいだけではない、他のなにかが……。

将来スタリオンが栄華を極めるか破滅するか、それを見届けたくて、私は彼と一緒にいるのかもしれない。

この国どころか、今世界中が滅亡病の対策でいっぱいいっぱいだ。

人と物の流れが止まったので、とてつもない不景気にも見舞われている。

それなのに、スタリオンはお金を稼ぎ大きくなった。

さすがに、化粧品や美容液なら彼にでも錬金できるので、今の彼の成功は、彼だけでも成し遂げられたはず。

彼には……きっとなにかがあるのよ。

「そういえば、あなたが追い出したオイゲン。大活躍のようね」

「大活躍？」

スタリオンはオイゲンを無能扱いして、かなり卑怯な手でザブルク工房から追い出した。

それでも彼は、自分はオイゲンよりも錬金術師として優れている、今は劣っていても、将来は余裕で追い抜けると本気で思っている。

そこになんの根拠もないのだけど、スタリオンはそれを心から信じているのよ。

いえ、自分がオイゲンよりも錬金術師として劣っていると認めるのが意地でも嫌なのでしょうね。

もしそれを認めたら、自分は終わりだと思っている。

だからこそ、女性受けがいいという錬金とはなんら関係ない特技を用いてでも、自分とザブルク工房の名を上げようとしている。

ただ、錬金術師としては未熟なスタリオンは、技術的な壁にぶつかると逃げてしまう。

でも新天地では、その優れた容姿を利用してすぐに生活を立て直していた。

（今度はどうするのかしら？）

もしまた技術的なことで躓いたら……他国に逃げるしかないわね。

私は……別にどこで暮らしてもいいわ。

顔のいいスタリオンの妻として過ごせるのは役得でもあるので、きっと私は他国への逃走にも同行してしまうはず。

たとえそのせいで、私がスタリオンと共に破滅してしまったとしても。

「オイゲンだと？」

「ええ。今は、ロイエンタール侯爵と共に、ダスオン、シッタルばかりか隣国クリーク王国の滅亡病も解決し、さらに滅亡病で統治機構が崩壊したクリーク王国の占領でも大活躍したとか」

オイゲンは、私が信用できる助手がいないという理由で断った滅亡病の予防・治療薬の錬金もちゃんと成功させている。

彼がスタリオンよりも優秀な錬金術師なのは間違いないけど、本人は意地でも認めないでしょうね。

「ならば、僕はマリアンヌ王女と共に、オイゲンなどとは比べものにならない地位を得てやる！」

「マリアンヌ王女と？」

「僕は知っているぞ。今王都は、王族と貴族たちがパーティーを開いてのんき気に遊んでると見せかけ、その実いかに自分の力を増そうか、裏で画策しているのを」

結局のところ、王都における贅沢な錬金物の不足は、王国が地方の直轄地を滅亡病から救おうと、無理に予防・治療薬の錬金をさせているから。

それは為政者として正しいのだけど、王都で恵まれた生活をしている貴族や王族たちからすれば、余計なことなのよ。

自分の領地ではないし、これまで一度も行ったことがない町の住民がどうなろうと関係ない。

王国直轄地だから、税収が回り回って貴族の年金になっているのだけど、今のこの時期に遊んでいる貴族たちなんて無能に決まっているのだから、理解しているわけがない。

そして、彼らの令嬢や奥様たちをパーティーに呼ぶマリアンヌ王女……きっとバカなのでしょう。

スタリオンの格好の餌食（えじき）というわけね。

「ひらめいた！　この方法なら僕はさらに大きくなれるぞ！　よし、早速マリアンヌ様に進言してみよう」

そんな、昨日今日知り合った平民の錬金術師の言うことなんて、いくら世間知らずのマリアンヌ王女でも……。

と、私が思ってから一ヵ月後。

王国はとんでもない人事を発令した。

「『マリアンヌ王女を、商業都市ダスオン、港湾都市シッタルの都督に任じる。これまで都督を務めていたロイエンタール侯爵は、隣国クリーク王国平定と、東部における滅亡病終息の功績をもって、旧クリーク王国領を与え、ロイエンタール辺境伯とするものとする』って！　これは！」

政治の素人である私でも、この人事は酷いとわかる。

これまで、ロイエンタール侯爵とオイゲンが組んで開発を進めたダスオンとシッタルを取り上げ、滅亡病でボロボロの旧敵国を押しつけたのだから。

そして、このふざけた人事案を陰で実現させたのが……。

「ふんっ！　オイゲンの奴もこれで終わりさ。あいつは恵まれた環境にいたおかげで、ロイエンタール侯爵に気に入られる錬金術師になったに過ぎない。疫病で国土が荒れた旧クリーク王国でボロを出すがいいさ！」

オイゲン、あなたはよほどスタリオンに嫌われているようね。

そして彼は、顔のよさと口先だけで二つの都市の都督になるマリアンヌ王女のお気に入りの錬金術師となった。

やはりこの男にはなにかあって、私はスタリオンの行く末に興味があって仕方がないわ。

たとえそれが、私とスタリオンの破滅で終わったとしても。

＊＊＊＊

「酷い人事ですね」

「うん、希に見る酷い人事だね」

クリーク王国を占領し、臨時で統治しているロイエンタール侯爵にブルネン王国から耳を疑う辞令が届いたと、クリークドルクの工房を借りて作業している俺たちに当の本人が報告にやって来た。

ロイエンタール侯爵家は、そのまま旧クリーク王国を領地とする辺境伯になるそうだ。

そして、これまで苦労して開発を進めてきたダスオンとシッタルは第二王女マリアンヌ様が都督となる。

ブルネン王家は、ロイエンタール侯爵家の興隆に危機感を抱いたのか？

この人事案に至っては、わずか一ヵ月、ちょうど新しい滅亡病に対処すべく国境が封鎖されている間に決まった。

普段は対立している貴族たちと、利害関係が一致したのであろう。

「とはいえ、この辞令を断れば、我が家は、王都で燻ることになる」

改易はないけど、爵位の降下に、二度と役職に就けず、王都で飼い殺しにされるわけか。

「まあ、旧クリーク王国領なら開発の余地があるからね。予想よりも新滅亡病の犠牲者も少なかったのもある。それに旧クリーク王国の王族と貴族たちも引き取ってくれるそうだ。邪魔者がいないのはいいね」

半分ほど生き残った旧クリーク王国の王族と貴族たちだが、捕虜扱いなので王都に送られるそうだ。

俺たちに戦争をした実感はないのだが、向こうも疫病に真面目に対応せず、儀式に頼って密閉空間で全員が罹患して敵に治療してもらうという情けない負け方をした。

あまりの無責任さから、自国の国民たちにも愛想を尽かされており、今さら支配者面しても……という状態であった。

下手をしたら、国民たちによって袋叩きにされてしまう。

旧クリーク王国民からすれば、滅亡病の治療をしてくれたロイエンタール侯爵家の方が統治者に相応しいと思っているわけだ。

「また一から頑張るとして、オイゲン君にお願いがあるのだよ」

「お願いですか?」

「うん、君のオットー工房だけど、こちらに移転してほしいと思っているんだ」

「移転ですか……」

となると、あの屋敷と地下工房を手放さないといけないか。

それは別にいいのだけど、だとしたら生産増にも対応できる工房と、ハイデマリーたちと住む工房の近くにある住居が欲しいな。

「構いませんよ」

「それはありがたい。まあ、ダスオンに残っても……という話ではあるね」

「残るとろくなことがないって意味ですか?　どうしてです?」

ダスオンは、市場としては悪くないと思うんだよなぁ……。

交通システムもあるから、モンスター狩りも楽だし。

「それが、最近マリアンヌ王女にはお気に入りの錬金術師がいてね。君は指定錬金工房から外されてしまうことが確実なんだ」

「うちがですか?」

いや、指定錬金工房なんて複数あるのが普通というか、ダスオンレベルの都市なら複数ないと回らないじゃないか。

いくらそのお気に入りが一番の贔屓にされても、オットー工房が指定錬金工房から外されるなんておかしい。

「マリアンヌ王女のお気に入りの錬金術師とは、あのスタリオンなのだけどね。最近、彼はマリアンヌ王女の一番のお気に入りらしい。いやはや、彼は凄いね」

ここでまたスタリオンかぁ……。

大した錬金はできないのに、なぜか権力者及びその妻や娘に気に入られて出世するよな。

確かにあいつなら、マリアンヌ王女に言いつけて、うちを指定錬金工房から外すくらいはやってのけるはずだ。

「ますます引っ越したくなりました」

「ありがとう。私としても、君の功績にできる限り応えるつもりだ」

「その前に、まずは引っ越しですよ」

スタリオンが偉そうにしているダスオンになんて残れるか。

俺は新天地で、また一からやり直すとしよう。


「ついて行きますよ。当然です」

「ボクも。残る理由はないね」

「あたいもだな」


ロイエンタール侯爵が教えてくれたことをハイデマリーたちにも教えたら、全員がついてくると即答した。

うちの従業員たちの間で、スタリオンの人気は皆無(かいむ)に等しい。

それでもダスオンは故郷なので、残る可能性も考慮して聞いてみたのだ。

「あっ、私も家族ごと引っ越しますので」

「ポーラさんもですか！」

うちでメイドしてくれているポーラさんも、なんと家族ごと引っ越すと宣言して俺を驚かせた。

そういえば彼女も、クリーク王国が落ち着いたらすぐこっちに来てくれたしな。

「そんなに簡単に引っ越していいんですか？」

「オイゲンさん、むしろ引っ越さないなんて少数派ですよ」

「そうなの？」

「ええ。マリアンヌ王女でしょう？　評判悪いですよ」

マリアンヌ王女自身は性格も悪くなく、むしろお人好(よ)しだ。

そのため、パーティーを開けば沢山の人たちが集まってくる。

貴族と対立することが多い王族にしては、貴族たちにも人気があるわけだ。

「ですが、それはマリアンヌ王女が利用しやすいからという面もあるんですよ。彼女の陰で好き勝手やっている貴族たちが多い。彼らはマリアンヌ王女の配下として、このダスオンにやって来ます。私たち平民は、案外そういう情報に聡(さと)いものですよ」

お人好しであるマリアンヌ王女の陰で、好き勝手する貴族たち。

そしてお人好しである彼女は、お友達の悪を追求し、処罰できない。

ある意味最悪なトップであり、スタリオンはそこに上手く入り込んだわけか。

「俺も引っ越すぜ！」

「ワシもだな」

やはりクリークドルクまで手伝いに来てくれたオーエック工房とグリワス工房も、ダスオンから引っ越すのか……。

「あのスタリオンが、マリアンヌ王女に気に入られているからって理由で、偉そうにしているのなんて見たくねえよ」

「そうじゃな。この年になってそれは勘弁してほしい」

みんな、マリアンヌ都督になにも期待していないどころか、むしろ最悪だと思っているんだな。

「ここもしばらく不便だろうが、それもすぐに解決するはずじゃ」

「オイゲンがいるからな。とっとと引っ越すぜ」

それからは、話が早かった。

新都督であるマリアンヌ王女がダスオンに入るまで約一ヵ月。

ロイエンタール侯爵は急ぎ引っ越しと引き継ぎの準備をし、多くの住民たちも旧王国領へと引っ越しを始める。

俺は、現地で冒険者たちとモンスターを狩り、瘴地に錬金した中心石と還元液を用いて土地を広げることに集中。

さらに、移動魔法陣板(トランスファーサークルボード)と切り替え器(チェンジアプライアンス)を用いた交通システムの整備を急いだ。

とにかく時間がないので、休まずに一ヵ月間、俺たちは本当によく頑張ったと思う。

ロイエンタール侯爵家も、住居の用意や引っ越しを希望する住民たちの割り振り、インフラ整備、統治機構の用意などで大忙しであった。

結局、ダスオンとシッタルの住民のうち、八割以上が引っ越してしまったのだ。

運よくというか、住民の引っ越しを禁止する法は存在せず、先にダスオン入りしたマリアンヌ王女の腰巾着たちは、その様子を唖然として見ているしかなかった。

「マリアンヌ王女って信用がないんだねぇ……ボクの家族も引っ越すって」

「私の家族もです。王家は滅亡病の対策で失敗したのですから当然ですよ」

ハイデマリーの発言を聞くと、ブルネン王家って信用ないのがよくわかる。

いまだ王都は、地方の直轄地や零細貴族たちの領地に予防・治療薬を必要量送れていない。

それは、潜在的な増産能力はあるのに、王都の錬金術師たちに貴族などの富裕層向けの高級品を作らせることを禁止できていないからだ。

ロイエンタール侯爵家は、自費で予防・治療薬を錬金したオットー工房に補助を出した。

それをやらないと、危険で儲からない予防・治療薬の錬金を躊躇する錬金術師が出ることを知っていたからだ。

もしまた滅亡病の流行があったら……。

新都督マリアンヌ王女に不安を抱く住民たちは、彼女が赴任する前に引っ越すことを決意したというのが真相だった。

「マリアンヌ王女が赴任してからだと、引っ越せない可能性もあるからな」

「でも旦那、法では住民の引っ越しは禁止されていないぜ」

少なくとも王国直轄地では、だけど。

一部貴族領では労働力が減ると税収に影響するので、領民の移動禁止が法に盛り込まれていた。

「相手は王女様と、その権威を笠に着た連中だよ。法なんて、ねじ曲げてもおかしくない」

貴族たちの不法を訴えても、みんな王女様のお友達だから通らない可能性が高い。

だから、彼女が赴任してしまう前に引っ越してしまえと。

それをマリアンヌ王女の腰巾着たちは引き留めたいのであろうが、ロイエンタール侯爵に対してはそれを言う度胸はないし、実力行使にも出られない。

引っ越す住民たちの護衛に、ちゃんとロイエンタール侯爵家の兵士たちがついていたからだ。

「そもそも、この広大な土地と交通システムをスタリオンが維持できるのかって話だな」

「無理ですね」

「だよねぇ……先が怖いから、みんな引っ越すんだよ」

ハイデマリーもメルルも、スタリオンの錬金術師としての腕前をまったく信じていなかった。

マリアンヌ王女が囲っている錬金術師といえばスタリオンのみだそうで、フワンソワもいるけど……彼女一人で、ダスオンとシッタルの面倒は見きれないだろう。

俺たちの引っ越しに伴い、大半の錬金術師たちが旧王国領に引っ越してしまうので、彼女の負担は一気に増すはずだからだ。

スタリオンは……フランソワも彼の錬金術師としての能力にそこまで夢を見ていないだろう。

「ボクたちの引っ越し先はどんな感じなんだろうね？　それは楽しみだよ」

「そうですね……旧王都をそのまま領都にするそうですので、貴族のお屋敷を与えられるかもしれません」

「古い貴族の屋敷だと、ここみたいに地下に錬金工房があるところが多いからな」

「到着してからのお楽しみだな」

スタリオン、俺はお前の顔など見たくないので引っ越させていただく。

住民も大分減ってしまったが、今のお前の実力ではそれでも支えきれないだろう。

いい加減、少しは錬金術師としての技能を身につけた方がいいいが、お前には無理だろうな。

＊＊＊＊

「これは……どういうことなのです？」

「ロイエンタール辺境伯の嫌がらせです！　奴が今回の処置に腹を立て、住民たちを根こそぎ連れ去ったのです！」

「あの女！　貴族の風上にも置けない奴だ！」

「ロイエンタール辺境伯を慕ってのことでしょうか？　違法ではないのでしょう？　でしたら彼女を見習ってこれから頑張ればいいのです。前向きに考えましょう」

「「「「「「「……」」」」」」」


やはりそうなったわね。

ここダスオンとシッタルから、実に八割を超える住民が旧王国領、今はロイエンタール辺境伯領に引っ越してしまった。

まあ、ブルネン王家の滅亡病への対処を見れば当然ね。

王都や一部大都市は大丈夫だけど、他はいまだ予防・治療薬すら手に入らない状態が続いてる。

これでは、新都督マリアンヌ王女に不安を抱いても当然でしょう。

本当は王族の都督だから安心されるはずなんだけど、ダスオンとシッタルはロイエンタール辺境伯の領地みたいなもので、滅亡病への対策も早かった。

王都にしかない交通システムも整備できており、住民たちがロイエンタール辺境伯について行って当たり前なのよ。

特にこの、少しでも手を抜けば土地がモンスターで溢れる世界において、実績を出しているロイエンタール辺境伯家について行くことなど珍しい話ではないわ。

故郷に拘って、命を落とすことほどバカな選択肢はないのだから。

それがわからないおバカさんたちは、美味しい任地のはずだったダスオンが、抜け殻であることに衝撃を受けている最中だけど。

そんな中マリアンヌ王女は天然ぶりを発揮して、腰巾着たちが嫌っているロイエンタール辺境伯を称賛しつつ、これから頑張ればいいと言っているけど、彼らには無理ね。

当然、スタリオンにも……。

「オイゲンの野郎！」

「でも、彼が所有していたオットー工房が手に入ってよかったじゃない。これから頑張ればいいのよ」

マリアンヌ王女のお気に入りであるスタリオンは、新しいザブルク工房として、オイゲンがオットー工房を営んでいた屋敷を貰った。

過分なプレゼントだと思うけど、彼には大いに不満があるみたいね。

大都市ダスオンにおける指定錬金工房のトップとしてオイゲンを顎でこき使う予定だったのに、あてが外れたからでしょう。

「オイゲンなんて無能、いらないんじゃないの？」

「無能でも、この僕が下に置いて奴隷のようにこき使うことに意味があるんだ」

「そう」

実は、オイゲンの錬金術師としての才能に気がつき嫉妬しつつも、それを表立って言えないからそういう言い方になってしまう。

認めてしまえば楽なのに、歪んだ考えね。

「でも、手は出せないわよ」

今のオイゲンは、ロイエンタール辺境伯家お抱えであるオットー工房の主よ。

下手に手を出したら、ロイエンタール辺境伯家から強烈なシッペ返しが来るわ。

「オイゲンの奴！　どうしてくれようか！」

そういうのを負け犬の遠吠えって言うのよね。

錬金以外の方法でオイゲンに対し優位に立とうとしても、彼の優れた錬金の技術はそれを容易に超えてしまう。

スタリオンも錬金術を磨けばいいのに、そこは手を抜いて、女性と仲良くなって利用することしか考えていないのだから。

私も錬金術でスタリオンに利用価値があると思われて結婚した女だから、人のことは言えないけどね。

「それよりも、まず至近の問題があるわよ」

「それはなんだ？　フランソワ」

「交通システムの整備、どうするの？」

「そんなものは、マリアンヌ王女の配下に任せればいい」

「無理ね」

それは確かに、普段移動魔法陣板（トランスファーサークルボード）、切り替え器（チェンジアプライアンス）を掃除、整備するのはマリアンヌ王女の配下たち……彼らが自分でやるとは思わないので、使用人たちにでも押しつけるでしょうね。

その作業自体は簡単なので問題はないけど、メンテナンスには特別な錬金物が必要になる。

「『クリーナー』と『油』をどうするの？」

「そんなもの、フランソワが錬金すればいい」

「できなくはないけど、シッタルの土地の維持のために保存液が必要で、今懸命に錬金しているのよ。他に余裕なんてないわ」

保存液を用意できなければ土地は簡単に瘴地に戻ってしまう。だから今最優先で錬金していて、他の錬金に時間をかけられないわ。

交通システムについては、別になくても死にはしないから、諦めるしかないわね。

「では、僕が錬金しよう」

「無理よ」

「たかがクリーナーと油だろう？」

「あのねぇ……交通システムの肝である、移動魔法陣板（トランスファーサークルボード）を拭いて移動魔法陣（トランスファーサークル）の性能を保つクリーナーと、切り替え器（チェンジアプライアンス）の整備に使う油なのよ。特別な錬金物で、作るのは難しいのよ」

だからこれまでは、王都にしか交通システムがなかったのよ。

実は、移動魔法陣板（トランスファーサークルボード）と切り替え器（チェンジアプライアンス）よりも、整備に使うクリーナーと油の錬金の方が難しいわけ。

「移動魔法陣（トランスファーサークル）を挟む板は、汚れたり、傷ついたり、曇ったりして簡単に使えなくなってしまうのよ。

切り替え器（チェンジアプライアンス）も念入りに油を差す必要があるの。下手な油なんて差したら、すぐに切り替え器（チェンジアプライアンス）が壊れてしまうわ」

特にゴミや不純物が厳禁で、だから錬金術で特別なクリーナーと油が開発されたのよ。そんなことも知らなかったなんて……スタリオンに錬金術で期待してもね。

「他の錬金術師は？」

「難しいわね」

元々ダスオンにいた錬金術師と工房の大半が、ロイエンタール辺境伯領に引っ越してしまった。残っている錬金術師で、クリーナーと油を錬金できる人はいないはず。

こうなると、人口が大幅に減ってかえって幸運だったわ。

前の人口のままなら、確実にダスオンもシッタルも統治体制が崩壊していたはずだから。

「（ある意味、スタリオンはついてはいるのよね……）交通システムは停止させるしかないわね」

「それはできない！」

「でも、下手をしたら人が死ぬわよ」

移動魔法陣板（トランスファーサークルボード）の怖さは、故障しても移動魔法が発動してしまうことがあるところなの。

もし板についた傷や汚れが魔法陣の効果に影響を与えてしまった場合、いきなり瘴地の真ん中に飛ばされてモンスターたちに襲われてしまったり、海上のど真ん中に飛ばされたり、火山の火口、深海の底に飛ばされてしまうケースも過去にあったそうだ。

ちゃんとメンテナンスできなければ、諦めて使わないという選択肢を取るしかない。

「駄目だ！　この交通システムこそが、錬金術師の英知であり！　王都と同じシステムがあることでマリアンヌ様も満足されているのだから」

懸命に錬金術の偉大さの象徴である交通システムを賞賛するスタリオンだけど、この交通システムは、あなたがいつもバカにしているオイゲンが作ったものなのよ。

どういう神経をしているのか……こういう人だからこそ、今の彼の地位があるという面もあるのだけど。

「どちらか選んで。私が保存液を作ることに集中するか、今すぐそれをやめて交通システムの維持に回るかよ」

「どうして保存液が必要なんだ？　前に新地区造成で更新されたばかりだと聞くぞ」

「保存液というのは、作るのに手間と時間がかかるのよ。同時に交通システムの維持なんてできないわ」

私が保存液を作り続けなければ、ダスオンとシッタルはそう遠くない未来に瘴地に呑まれてしまうのだから。

「さらに他の錬金もしなければならないのに、交通システムの維持なんて無理よ。他の錬金術師に頼むのね」

マリアンヌ王女のツテでようやく保存液の材料が手に入って、これから保存液の量産に集中するところなのに、同時に同じく作ったこともないクリーナーと油の錬金なんて不可能よ。

マリアンヌ王女にくっついている連中が錬金術師の引き抜きを試みているけど、オイゲンレベルの錬金術師なんてそうそういないわ。

「大体保存液の錬金なんて、面倒なだけで儲からないのよ」

確かに大金は貰えるけど、材料費と手間賃を考えたら赤字に近いかも。

自分が住んでいる土地を支えている一番優れた錬金術師なのだという自覚、そして世間の誰が見てもわかりやすい評価を得られるからこそ、錬金が大変な保存液などを作ることができるというのに……。

　相変わらず、この男はなにもわかっていないわね。

「とにかく、交通システムを止めるわけにいかないんだ！」

「かといって、一地区でも瘴地になんでできないでしょうに」

「当然だ！」

　もしそんなことになったら、マリアンヌ王女にスタリオンの真の実力が知られてしまうものね。

「できないものはしょうがないのよ。あなたがなんとかすれば？」

　どうせ私だけに錬金させて、さも自分の実績のように振る舞っているのだから、もう一人と言わず実力のある女性錬金術師たちを何人も騙して連れてくればいいじゃない。

　それがあなたの一番の得意技じゃない、正妻である私はその辺は許容するわよ。

「マリアンヌ様に頼むか？」

　確かに一国の王女様だから、外部の錬金術師にあてはあるかもしれない。

　一人優秀な錬金術師が来れば、とりあえず誤魔化せるはずよ。

「よし！　マリアンヌ様の元に行くぞ」

　彼女がちゃんとした錬金術師を一人連れてこられれば、しばらくはなんとかなる。

　でもね、スタリオン。

　結局あなたがの錬金術師としての実力が上がらなければ、また逃げ出す羽目になると思うけど。

＊＊＊＊

「前よりも、随分と広い屋敷と工房だな」

「オイゲンくん、引っ越してよかったね」

「オイゲンさん、ここも大貴族の邸宅だったのでしょうか？」

「地下の錬金工房を見るに、歴史ある貴族だったんだろうな」

ロイエンタール辺境伯からの依頼を完遂した俺たちは、その報酬としてクリークドルクの中心部に屋敷をいただいた。

またも地下に大規模な錬金工房のある大邸宅であり、昔の錬金術ブームに合わせて地下に工房を作った貴族の持ち物だったようだ。

長年使われていなかったので埃っぽいが、今ゴーレムたちが掃除、片づけ、引っ越し作業をしており、ゴーレムたちは大分経験を積んだおかげか、満足できる動きができるようになった。

前の屋敷よりも工房が大きいけど、無理に人は増やさないでゴーレムで対応していこうと思う。

「失礼します、オイゲンさん」

「パメラ、どうかしたの？」

突然来客があり、それはロイエンタール辺境伯家専属の測定錬金術師であるパメラであった。

「申し訳ありません。また治療薬、魔力回復剤、毒消し薬などが不足していまして」

「もうかぁ……」

旧クリーク王国、現在ロイエンタール辺境伯領では、以前からの住民に加え、ダスオンとシッタルから引っ越してきた新しい住民も多く、当然錬金物の需要はかなり増えていた。

現在開発ラッシュでもあるので、余計にその他の錬金物と併せて需要は増していたのだ。

元から旧クリーク王国にいた錬金術師は……滅亡病への対処を見るにあまりレベルが高くない。

各国で激しさを増しつつある錬金術師の引き抜き競争に敗れ、優秀な錬金術師は他国に流出してしまったからだ。

ダスオンから引っ越してきた錬金術師たちで一段落といった感じだが、錬金物の需要増で俺たちは忙しいままだったのだ。

「ですが、オイゲンさんのおかげでこのロイエンタール辺境伯領はすぐに発展しますよ」

「開発の伸び代はありそうだね」

港湾都市シッタルと内海で繋がっている以外は、旧クリーク王国は周囲をすべて山脈で囲まれており、だからブルネン王国から独立しても他国に攻められなかったのだ。

そのせいか、代が代わると途端に統治の手を抜き、疫病への対策が貴族たちを集めた儀式などという、わけのわからない状態に陥っていたけど。

国なんて、滅ぶ時は一瞬なのかもしれないな。

「オイゲンさん、オヤツの時間ですよ」

とここで、メイド長のポーラさんがおやつを持ってきてくれた。

彼女は引き続きオットー工房で働いており、メイドではなくメイド長になったのは、人手が足りなくてさらに二人のメイドさんを増やしたからだ。

実は二人ともポーラさんの妹で、しかもポーラさんは三つ子だそうで、三人とも同じ顔をしているから見分けるのは難しいのだけど。

錬金は集中するので疲れるし、魔力を大量に使用するから、実はカロリーの消費が膨大なものとなり、多少オヤツを食べすぎても太らない。

これは魔法使いも同様で、女性は魔法使いをとても羨ましがるそうだ。

なぜなら太るのが難しいくらいで、勿論例外もなくもないけど、それはごく少数であった。

「生クリームタップリのケーキだぁ、やったね」

「生クリームが甘すぎず、フワフワで美味しいですね」

「この生クリームの素って、クリーク山脈の『大火トカゲ』のかな？」

「モアさん、お詳しいんですね」

「知っているだけだぜ。あたいも初めて食べたけど、美味しいな、これ」

この世界、畜産もあるのだけど、やはり土地がネックで生産力がイマイチであった。

そこでモンスターの有効活用が行われているわけだが、このロイエンタール辺境伯領を囲うようにしてそびえ立つクリーク山脈に大量に棲む大火トカゲというモンスターは、卵から孵った子供を乳で育てる。

産卵経験があるメスを倒すとその乳が手に入り、それを材料にしたミルクと乳製品は、美味しくて大人気だった。

大火トカゲなので小型の竜くらいの大きさがあり、倒すのが難しいので高級品ではあったけど。

「来週には少し状況も落ち着くから、交通システムで移動も楽だし、クリーク山脈の大火トカゲでも狩りに行くか」

乳のみならず、大火トカゲは使える素材が多いので少し多めに確保しつつ、このところ錬金の依頼が多いから、レベルアップして魔力量を増やさなければ。

レベルや魔力が見える機材なり、魔法なり、スキルがあればいいんだけどなぁ……。

メルルが今、空いた時間に懸命に魔法理論を構築している最中だけど。

錬金の研究もしているけど、移動魔法陣板（トランスファーサークルボード）と切り替え器（チェンジアプライアンス）よりも厄介な代物（しろもの）なので、かなり時間がかかりそうだ。

「来週ですか。私も同行してよろしいでしょうか？」

「パメラも？　いいよ」

「実は錬金されたものが増えれば増えるほど、測定錬金術師の仕事が増えてしまうので、モンスター狩りで魔力量を増やしたいんです」

モンスターを倒すと強くなったり、魔力量が増える。

この世界の人たちは経験則でそれを理解しているので、魔法使い、錬金術師で今の魔力量に不満を感じている人は、モンスター討伐を定期的に行っていた。

冒険者たちも、魔法使いと錬金術師がいると全然成果が違うので、彼らを臨時で受け入れることに躊躇（ためら）いはない。

冒険者ギルドも熱心に仲介するが、うちの場合冒険者兼任なので、パメラを臨時メンバーに加えて明日にでもクリーク山脈に向かおうと思ったのだけど……。

「おはよう。オイゲン君、みんな」

「えっ？　ロイエンタール辺境伯もですか？　どうして？」

なぜかパメラと一緒に、ロイエンタール辺境伯も待ち合わせ場所に指定した移動魔法陣板（トランスファーサークルボード）の前にやって来たのだ。

まさかの事態に、みんな目を丸くしていた。

「このところ忙しかったのでね。魔力量を増やしたいなと思っていたのさ」

ロイエンタール辺境伯自身はかなり優秀な魔法使いでもあったが、彼女には領主としての仕事が沢山あり、引っ越しや新領地の開発、統治で大忙しだったはず。

「（久々のお休みといったところか？）今も忙しいのでは？」

「忙しいけど、もうそろそろルアンがロイエンタール辺境伯家の当主なのだという自覚と共に、家臣たちにも理解してもらわないとね」

そういえば、あと一年弱くらいでロイエンタール辺境伯家の当主は交代するのだった。

彼女の弟君であるルアン様は、若いが優秀と聞く。

今から徐々に執務量を姉君と逆転させていき、当主交代をスムーズに進めるつもりなのか……。

「ルアンも大変だよね。私はこれから徐々に時間が空くようになるけど、彼は逆だ。まあ、本当の跡継ぎなのだから仕方がない」

ロイエンタール辺境伯家は、二人の父親である先代が急死したため、辛うじて成人していた姉の方がリリーフで当主になった。

だが本当の後継者である弟君が成人してしまえば、ピンチヒッターも終わりということだ。

日本とは違って、あくまでもリリーフ登板だから女性当主が認められるという世界なので仕方がない。

実際、ロイエンタール辺境伯が女性だからと侮る貴族たちは多かった。

自分たちがバカにしていた彼女は、ゾンビ波、滅亡病を見事に乗り切ったけど、彼らの多くは滅亡、没落してしまった。

　能力に性別は関係ないんだよなぁ……。

「クリーク山脈は、私も視察でちょっと見ただけだけどね。交通システムがあると楽に移動できていいよ。オイゲン君のおかげだけどね」

　話ばかりしていても仕方がないので、俺たちはクリーク山脈行きの移動魔法陣板（トランスファーサークルボード）に乗って現地へと向かうことにする。

「あっ、そうだ。クリーナーと油の在庫を少し増やしたいんだよね。メンテナンス作業自体はうちの家臣たちが担当しているけど、クリーナーと油がないと作業できないから」

「わかりました」

　移動魔法陣板（トランスファーサークルボード）と切り替え器（チェンジアプライアンス）は、ちゃんと整備、掃除しないと大変なことになる。

　動かないならまだいいけど、事故で上空に飛ばされでもしたら墜落死してしまう。

　重大事故になってしまうので、定期的な整備と掃除は必須であった。

　移動魔法陣板（トランスファーサークルボード）自体も、十年に一度は交換しないと駄目だからなぁ……。

　なにかのアクシデントで大きく傷がつけば、すぐに板を交換しないと駄目なので、俺はちゃんと在庫をロイエンタール辺境伯家に納品している。

「ダスオンとシッタルの交通システムだけど、辛うじて継続稼働はできそうだと報告が入ったよ」

「それは凄いですね」

　実は、交通システムは維持するのが一番難しい。

　整備と掃除に必要なクリーナーと油だが、これも作れない錬金術師が多かった。

　作れても不純物だらけで品質が悪いと、かえって板と切り替え器（チェンジアプライアンス）が傷ついて耐用年数が減ったり、最悪故障と事故の原因になってしまうからだ。

「スタリオンが錬金したのかな？」

「げっ！　危ないな！　それ！」

メルルのみならず、みんながスタリオンの錬金術師としての腕など一切評価していない。

それでも彼はマリアンヌ王女のお気に入りで、彼が経営するザブルク工房は、ダスオンとシッタルにおける筆頭指定錬金工房の地位を得ていた。

「あの人のことですから、工房にいるフランソワという女性錬金術師に、全部お任せだと思います」

優しいハイデマリーからここまで言われるとは……。

彼のこれまでの行動を見ていれば仕方がないか。

「あいつが錬金したクリーナーで板を磨くのはお勧めできないよなぁ……あたいだって、まだ合格の品質が出せなくて、他の研磨剤に転用されているんだからさぁ」

真のスタリオンを知る人間からすれば、彼が錬金したクリーナーなんて使いたくないわけだ。

もっとも彼は、同時に保身の人間でもある。

自分は才能があるけど、今はまだ未熟なので作らないと言って誤魔化すんだろうなと、俺は予想していた。

その方が、事故で人が死なないで済むからいいのだけど。

「そのフランソワという女性錬金術師の腕一本に、スタリオンの今の立場はかかっているわけだね。

彼は、そのフランソワを次の奥さんにしたようだけど……」

相変わらず女性に対しては行動が早く、呆気なく捨てられたエリーとフラウさんに対し少しは同情しなくもない。

「まあ、フランソワという女性錬金術師も、多少性格に難があってスタリオンと出会うまでに色々と問題を起こしていたと聞くけどな」

同性の同業者だからか、モアはフランソワのことを知っていた。

性格に難アリだが錬金術師としては優れており、案外スタリオンと気が合うのかも。

「ダスオンとシッタルの統治が崩壊すると、ブルネン王国はせっかく再統合した旧クリーク王国領……ここのことだけど、と瘴地で分断されてしまうからね」

「それなら、マリアンヌ王女に任せなければいいのに……」

「メルル君。マリアンヌ王女がトップである事実は致命的ではないのだよ。所詮はお飾りだからね。問題なのは、彼女の周囲にいる連中が無能揃いで、挙げ句の果てにスタリオンを錬金術師として重用していることなのだから」

「それは、マリアンヌ王女の人を見る目がないのでは？」

「そうとも言うね」

ハイデマリーの考えを、ロイエンタール辺境伯は即座に肯定した。

「よって、このロイエンタール辺境伯領は将来孤立するかもしれない。内海とクリーク山脈のおかげで他国からの侵略はほぼ考えられないけど、その事実に胡坐をかけば旧クリーク王国の二の舞だ。発展のための努力は続けるべきだね。というわけで、今日は大火トカゲを沢山狩ろう！」

こちらの交通システムはロイエンタール辺境伯家によって適切に管理されており、というかまだ新品なので特に問題もなく、無事クリーク山脈へと移転することに成功したのであった。

「眼球の中で炎が燃えている。本で見た大火トカゲの特徴だよ」

「メルル、目がいいんだな。まだ大分距離が離れているのに」

「ボクは、視力にも自信があるからね」

「目は傷つけないでくれ。大火トカゲの『火炎の目』は、使用用途が多いから」


早速、クリーク山脈麓の移動魔法陣板(トランスファーサークルボード)から、ロイエンタール辺境伯領を囲うようにそびえ立つ山脈を登っていく。

するとすぐに、真っ赤な肌色をした全長三メートルほどの大火トカゲが多数出現した。

このクリーク山脈において、一番繁栄(はんえい)しているモンスターらしい。

本の記述だけど、討伐に移る前に念のためみんなに戦闘時の注意をしておいた。

大火トカゲで一番貴重な素材はその目であり、なんと目の中で炎が燃えており、この不思議な目が高価な魔法薬の素材になるのだ。

傷つけると目の中の炎がなくなってしまい、錬金素材として使えなくなってしまうので、目以外を攻撃するようにと。

「オイゲン君、どんな方法が一番効率がいいのかな？」

「そうですね……『岩棘(ロックスパイン)』！」

大きなモンスターなので遠距離からの攻撃が安全に倒せると思い、一番近くにいた大火トカゲの真下から魔法の岩棘(いわとげ)を生やし、その急所である心臓を一撃で貫いた。

悲鳴をあげる間もなく、大火トカゲは即死してしまう。

「なるほど……オイゲン君は簡単にやっているように見えるけど、難易度は高いね」

「それがわかるロイエンタール辺境伯も凄いけどね」

「メルル君、君も簡単にできそうだけど」

「この前オイゲンくんから『岩棘（ロックスパイン）』の基礎を教わったけど、どうかな？」

「ひゅう、メルルやるぅ」

　メルルも、即座に『岩棘（ロックスパイン）』を成功させ、火大トカゲを倒すことに成功した。

「相変わらず覚えが早いな」

「オイゲンくん、ボクは魔法使いだからね」

「あたいとハイデマリーにはちょっと難易度が高そうだな。もっと簡単なので練習するよ」

「そうですね」

　大火トカゲの心臓の位置を正確に把握し、そこを貫けるように地面から『岩棘（ロックスパイン）』をタイミングよく生やさないといけない。

　同時に、『岩棘（ロックスパイン）』自体の鋭さ、硬度、生やすスピードが遅いと、大火トカゲの硬い真っ赤な皮が『岩棘（ロックスパイン）』が体に突き刺さるのを阻止（そし）し、へし折ってしまうのだ。

　大火トカゲの皮は、目玉の次に高価な素材で、防具の素材や、実は高級皮革素材でもある。

　これの革を用いたバッグ、ブーツ、服などはかなり高価であった。

　どうしても防具が最優先なので、一般には少量の皮しか流れてこないからだ。

　皮としての品質は最高峰でも、加工がとても難しいので扱う職人が少ないというのもある。

　大火トカゲの皮の鞣（なめ）しが錬金術師の仕事というのも、大火トカゲの皮が高価な原因でもあった。

「私も試してみよう。『岩棘（ロックスパイン）』！　難しいね……」

　確か、ロイエンタール辺境伯の得意な魔法の系統は風だったはず。

土系の『岩棘（ロックスパイン）』の硬度と貫通力を増やすのに苦戦していた。

心臓の位置とタイミングはピッタリでさすがだったが、『岩棘（ロックスパイン）』が大火トカゲの皮の硬さに負けて折れてしまうのだ。

「何度か試行錯誤するしかないね」

「『岩棘（ロックスパイン）』！」

俺も大火トカゲを倒していくが、討伐数は彼女に勝てそうにない。

メルルは、次々と地面から『岩棘（ロックスパイン）』を生やし、大火トカゲの心臓を貫いて倒していく。

「メルルはもう完璧にマスターしたのか、さすがだな」

「パメラ、どうだ？」

「難しいですが……これで！」

そして、魔力量アップのために俺たちと同行したパメラだが、この人もロイエンタール辺境伯家に雇われているだけあって、魔法使いとしてもいい腕をしていた。

メルルには負けるが、二番目に多く大火トカゲを倒している。

「目玉と、皮がメインの素材なんですね。他は？」

「食材だね」

肉や内臓は食べられ、肉質は鶏肉に似ていた。

竜ではないので血は素材にならず、ハイデマリーとモアが倒した大火トカゲの血抜きを担当しているが、その場に捨てている。

血抜きが終わるとすぐに、肉が悪くならないよう錬金術師のカバンに収納していた。

「久々に魔法を全力で使った気がするよ。私の魔力量は増えているかな？」

「きっと増えていますよ、お館様」

「パメラ、少し代わってくれ。あたいもちょっと魔法が使えるようになったから、試してみたいんだ」

交代でモアも、魔法を使った大火トカゲ討伐に加わった。

実は彼女、俺たちとモンスターの討伐を続けたおかげで、魔力量が大幅に増えて少し魔法が使えるようになっており、それを試すつもりのようだ。

これまでモアは、魔力で身体能力と攻撃力を増加させることしかできなかったが、元々錬金術師なので魔力自体の放出はできる。

それができなければ錬金物が完成しないから当然で、だから魔力量が増えた恩恵で魔法が使えるようになったのだと思う。

なお、あまり戦闘に参加していないハイデマリーの魔力量も順調に増えており、どうやら同じパーティだと経験値は均等割になっている可能性が高いようだ。

「あちゃぁ、また失敗した」

「モア、焦らずに」

「次こそは……やったぜ！」

ただモアの魔法使いとしての実力は、ロイエンタール辺境伯より少し低いようだ。

それでも三回に一回は、『岩棘（ロックスパイン）』が大火トカゲの心臓を串刺しにしていく。

「旦那、魔法を沢山使ったら腹が減ったな」

「そうだね。もうお昼にしようか」

お昼になり、ポーラ三姉妹が作ったお弁当を食べてから、午後からも大火トカゲを倒していく。

「それにしても、倒しても倒しても減りませんね」

「このロイエンタール辺境伯領を囲うクリーク山脈において、大火トカゲはもっとも繁栄しているモンスターだからね。繁殖力が旺盛で、強い冒険者でないと餌にされてしまうから天敵も少ない。もっとも、大火トカゲのおかげで、他国はここを攻められないという利点もある」

その代わり、こちらもクリーク山脈を越えて他国へ……とはなかなかいかないのも現状だ。

「今は領内の発展に努めるしかないね。この大火トカゲもその原資なのさ」

ロイエンタール辺境伯が話を締めると、そのあとは夕方まで、多くの大火トカゲを狩り続けた。

素材や魔石は高額で買い取ってもらえたし、肉なども一部持ち帰りポーラさんたちに調理してもらう予定だ。

「そうだ！　大火トカゲといえば、アレが美味しいんだ」

「アレってなんだい？」

結構有名なんだけど、ロイエンタール辺境伯は知らないのか。

「火大トカゲの舌を用いたタン料理は美味しいですよ」

薄切りにして焼くのもいいし、一番有名な料理は『大火トカゲのタンシチュー』であろう。

普段はなかなか食べられないけど、今日は売るほど舌があるから、是非ポーラさんたちに料理してもらわなければ。

「タンシチューか。いいねえ、私もご馳走になろうかな？」

「いいんですか？」

代理とはいえ貴族家の当主なら、毒殺の危険があるので食事は管理されているのでは？

「大丈夫だよ、オイゲン君。君は自分が考えている以上に信用があるから、ルアンもなにも言わないさ。早速、君の屋敷に戻って大火トカゲのタンシチューを食べるとしよう」

大きな成果を得た俺たちは、屋敷に戻って夕食をとることにした。

今日は、有名な高級で美味しい食材『大火トカゲの舌』を用いたタンシチューがメインであった。

材料を渡すと、ポーラさんたちが他の料理と共に手際よく調理していく。

「タンの岩塩包み焼き、タンシチュー、大火トカゲの肉と一緒に串焼き。これは豪華だな」

「ロイエンタール辺境伯家でも、これほどのご馳走はそう出ないからね」

「そうなんですか？」

「このところ色々とあったからね。普段の食事は、みんなが思っている以上に慎ましやかさ」

大貴族だからって、そう毎日ご馳走ってわけでもないのか。

「王都で遊んでる貴族たちは、いつも散財しているからね。彼らのせいで、貴族は全員が毎日贅沢をしていると思われているのだよ。収入と支出のバランスってものがあるんだけど……その辺の事情を他人は理解してくれなくてね」

ロイエンタール辺境伯家は、現在新領地の開発で金がかかる。

パーティーなど世間の目がある席では豪華なご馳走も出るが、普段の食事は質素というわけか。

「しかし、このタンはよく煮込んであって美味しいね。短時間でよくぞここまで」

「それはですね」

俺が錬金術を用いて開発した新製品は、地球では『圧力鍋』と呼ばれるものだ。

この世界の製造技術で圧力鍋は……爆発のリスクがあるので、これを俺が錬金術で補ったわけだ。

「これがあると、短時間で調理ができるのです。タンのみならず、肉も魚も、他の食材も早く調理できますから」

「我が領は、今みんなが忙しいからね。是非、普及させてもらいたいものだ」

ロイエンタール辺境伯のお墨付きをいただいたからという理由も加わり、錬金術を用いた圧力鍋はよく売れるようになり、ロイエンタール辺境伯領の各家庭のほぼすべてに普及していくことになる。

当然輸出も行われ、ブルネン王国のみならず、他国にまで流通するようになったのであった。

＊＊＊＊

「オイゲンが圧力鍋なるものを作り出した。そこで、我がザブルク工房でもこれを錬金して販売しようと思う」

「無理ね」

「はあ？　どうして無理なんだ？　フランソワ」

「無理なものは無理だから」

ロイエンタール辺境伯家領の筆頭指定錬金工房であるオットー工房のオーナー、オイゲンに対するスタリオンの異常なまでに対抗心は相変わらずね。

錬金術師としての腕の差、これまでの実績を見ると……ただスタリオンが勝手に対抗心を燃やしているだけだけど。

きっとオイゲンの方は、もうスタリオンなんて大して気にしていないと思う。

ダスオンに在住していた時は、よく迷惑をかけられたので気にはしていたと思うけど、今は距離的な壁もあってほぼ眼中にないわね、きっと。

そんなスタリオンが、オイゲンが開発した圧力鍋を、ザブルク工房でも作って販売すると言い出した。

まず不可能なので、私は正直に無理だとスタリオンに返答したら、なぜかとても怒っている。

「どうして無理なんだ?」

「無理なものは無理だからよ。他の錬金術師が考えた錬金物がすぐに再現できたら、この世の中にはもっと錬金物が溢れているわよ」

おおよその錬金術を用いた仕組みは理解できるけど、それと実際に生産できるかどうかは別よ。

運よくオイゲンが実行しているレシピを手に入れられたとしても、私が錬金する時にはアレンジを加えないといけない。

そうしないと同じ性能にならないどころか、歩留まりの低下や、最悪錬金できない可能性だってあり得るのだから。

「それにこの圧力鍋は、錬金術以外の技術も使われているわ」

基本は鍋なので、かなり優秀な鍛冶師及び工房が製造に加わっているはず。

鍋の部分と、錬金術を用いた部分とのバランスが悪ければ鍋の蓋(ふた)が吹き飛んでしまうので、オイゲンは念入りに鍛冶師たちと相談して条件を擦(す)り合わせたはずよ。

その手の技術的な仕事は……今のスタリオンには無理ね。

彼の得意分野は、高貴な身分の女性たちに気に入られ、そのコネで出世することなのだから。

「まず、私が錬金術を用いた部分の製造に成功し、ダスオンかシッタルの優秀な鍛冶師に作らせる鍋の大きさや仕様を細かく設定して、ちゃんと作らせないと駄目なの。オイゲンは念入りに何度も彼らと打ち合わせをしたはずよ。スタリオン、あなたがザブルク工房の主なのだから、当然それをやってくれるのよね？」

あなたが苦手な分野の仕事だけど、引き受けてくれるのかしら？

「……そういう泥臭いやり方は、無能なオイゲンに相応しいね。僕はそんなことはしないさ」

よかった、圧力鍋作りを断念してくれて。

それはスタリオンも、職人気質の強い鍛治師と何度も打ち合わせるより、マリアンヌ王女のお供で遊んでいた方が楽だものね。

「僕は、僕なりの方法でスマートにやらせてもらうよ。フランソワ、錬金術を用いた部分を頼む」

「知らないわよ」

この圧力鍋の性能からして、もし品質が悪いものが出回ったら……怪我人が続出しそうね。

もしそうなったら、当然その責任はスタリオンに行くのだけど、本当に理解しているのかしら？

(私のせいにされたら堪らないわ)

鍋が破裂した時に、私が作った部分が悪いなんて言われたら、とばっちりもいいところよ。

しかも保存液の錬金を続けながらだから、それほどの生産量は期待できない。

もし不良品が出て鍋が破裂しても、スタリオンに一番責任があるのだから。

「スタリオン、これはどういうことなのですか？　あなたの工房が発売した新しい鍋ですが、爆発事故が続出していると聞きました」

「マリアンヌ様、それは……鍛治師が悪いのです」

突然マリアンヌ王女からダスオンの行政府に呼び出されたと思ったら、案の定そうなったわね。

スタリオンはすぐに圧力鍋を作るべく、ただの蓋つき鍋をダスオンの鍛冶工房に依頼。

そこに私が苦労して開発した圧力状態を維持する『ロックレバー』『錘（おもり）』『パッキン』『バルブ』を適当に取り付けた。

当然鍋と部品の擦り合わせなどしていないので、次々に圧力鍋は破裂。

オイゲン作の圧力鍋が品薄で手に入りにくいことから、ザブルク工房製の圧力鍋は大人気で、それが余計事故件数の増加に繋がってしまった。

私は強度を考えて部品を錬金していたので、破裂したのは主に鍋の蓋であった。

私はスタリオンに対し、私のせいではないと言い張って、上手く責任を逃れた。

私をクビにすると他の錬金に影響が出るので、私が罰せられることはないと思うけど、万が一の事態に備えて保険はかけておくものよ。

そして、圧力鍋の事故が多発した件で、スタリオンは珍しくマリアンヌ王女から責められていた。

さて、スタリオンはどうやって切り抜けるのかしら？

「これは、僕とマリアンヌ様との仲を引き裂く、王都の王族や大貴族たちの陰謀なのです」

「そうなのですか？」

スタリオンによるまさかの言い分に驚くマリアンヌ王女。

私だって、まさかそうくるとは思わなかったわ。

「ですが彼らの影は……」

「それはそうでしょう。彼らが表立って事を起こすことはない。裏から鍛冶師や工房に手を回したのです！」

「なるほど……。そういうことですか」

イケメンって得よね。

こんなバカみたいな言い訳、マリアンヌ王女は信じてしまうのだから。

「私を陥れようとした黒幕はわかりませんか……」

「そこは、マリアンヌ様にお縋りするしか……」

マリアンヌ王女を陥れようとしている者たちなんて、複数いるのが当たり前。

身分の高い人なんて、多かれ少なかれ敵は存在するものなのだから
スタリオンは嘘をついていないけど、彼らがスタリオンが錬金した圧力鍋がわざと不良品になるよう、鍛治師たちに工作した……なんてことは絶対にあり得ない。

でもまったくもって無罪だという証拠もなく、いわゆる悪魔の証明に近いものね。

そしてそれは、ある意味いい性格をしているスタリオンだから言い張れるわけだ。

「僕は失望しました！　鍛治師たちに！　彼らは、自分が作るものに誇りを持っていたはず！　それが貴族たちの策に乗せられて、わざと不良品を作るなんて……僕は、僕は……」

スタリオンはマリアンヌ王女の前で、そのまま泣き崩れてしまった。

勿論泣いたフリだけど。

「スタリオン、あなたの錬金術師としての誠意はよく理解できました。私を陥れようとしている貴族たちについては、みなさんにお任せしようと思います。そして、わざと不良品を作った鍛治師たちですが……怪我人が多く出たと聞きました。無罪にはできませんね」

まさかマリアンヌ王女が、スタリオンの言い分を一方的に受け入れて、無罪である鍛治師たちを

処罰しろと命じるなんて……よくも悪くも人を疑うことを知らないがゆえの不幸というわけね。

　でも、この処置によりダスオンはますます衰退してしまうわね。

　鍛治師たちが牢屋に入れられてしまったらなにも生産できなくなるし、他の住民たちも怖がってダスオンとシッタルから逃げ出すだろうから。

「マリアンヌ様。彼らは、貴族たちが怖くて仕方なしにやったものと思われます。ここは寛大な処置をお願いします」

「スタリオンがそう言うのであれば……」

　凄いわね、スタリオンって。

　きっとマリアンヌ様は彼のことが女性として好きだから、彼の言い分を一方的に受け入れてしまうんでしょうね。

「今回の損害分のみを請求し、次はないぞとマリアンヌ様直々に仰っていただければ」

「それでいいのですか？」

　無罪の鍛冶師たちを厳罰に処すほど、スタリオンも鬼畜ではないはず。

　自分の仕事を引き受けてくれた人たちを無実の罪で陥れるのは、さすがのスタリオンでもできなかったようね。

　代わりにマリアンヌ様がそれをやってくれるのであれば、彼からすればラッキーというもの。

「わかりました。彼らにスタリオンの慈悲の心を伝えておきます」

「いえ、それには及びません。僕は彼らが正道に戻ってちゃんと仕事をしてくれるようになれば、それで十分なのですから」

「スタリオン、あなたは謙虚なのですね」

久々に凄いものを見たわ。

私の性格も相当酷いけど、スタリオンには負けると思う。

そして、それに気がつきもしないマリアンヌ様……おかげで、ますますダスオンの人口が減って寂れていくでしょうね。

そしてその原因が、自分の判断ミスだと気がつかない世間知らずの王女様……ジョークでも笑えないわ。

（圧力鍋、どうするのかしら？）

ダスオンでも腕のいい鍛治師たちだけど、もう今回の処置でスタリオンに手を貸さないはず。

圧力鍋は生産中止になった方が、スタリオンにとっても色々と都合がいいでしょうから。

＊＊＊＊

「というわけでして……我々は罰金で工房の道具まで差し押さえられてしまいました……」

「マリアンヌ王女から罰せられてしまったので、もうダスオンでは鍛治師として生きていけません」

「自分もシッタルではもう……」

世の中、信じられないことが起こってしまうものだ。

あのスタリオンが、俺を真似て圧力鍋の錬金を……実際はフランソワにさせたようだ。

彼の腕では作れるわけがないから、いつもどおり彼女に押し付けたのか……。

圧力鍋は、優秀な鍛治師が作る鍋が必須で、しかもちゃんと鍋と錬金技術で作る部品との擦り合わせをしないと破裂事故の原因になってしまう。

彼はわかりやすいミスをやらかし、ザブルク工房製の圧力鍋で多くの破裂事故を起こしてしまった。

普通ならこれでザブルク工房の名声は地に落ちてしまうのだが、そこがスタリオンが他の悪党とは違うところだ。

マリアンヌ王女に鍛治師たちが不良品を提供したのだと涙ながらに訴えて自分の罪を誤魔化し、鍛治師たちが悪いということにしてしまった。

ただ、さすがに無実の人たちを牢屋に入れるのは躊躇われたようで、彼らに損失をすべて負担させることで決着した。

怪我人たちは治療費と慰謝料をマリアンヌ王女から与えられ、この誠意ある対応に満足している住民たちも多いとか。

一方、責任を擦りつけられた鍛治師たちは、工房の建物、土地、他大半の財産を没収されてしまった。

無実の罪でほぼ無一文になった彼らは、もうやっていけないとロイエンタール辺境伯領に逃げてきたわけだ。

俺はこの話を聞いた時、本当に自分の耳を疑ったよ。

「鍛治師なら全然足りないですし、ここで再起すればいいのでは?」

「門外漢のボクでも知っている、ダスオンでもトップクラスの鍛治師や工房の経営者ばかりだ。クリークドルクでは優れた鍛治師も不足しているから、仕事は沢山あるよ」

「それはありがたい」

故郷を捨てずに残った結果がこれって……不幸以外の何物でもないけど、仕事は沢山あるから、ここでやり直せばいい。

メルルの言うとおり、残念ながらクリークドルクには優れた鍛冶師が不足していて、仕事なんていくらでもある。

特に圧力鍋など高度なものが作れる鍛冶師が不足しており、生産量が頭打ちで困っていたところだったのだから。

「スタリオンは、鍋と錬金部品の擦り合わせに手を抜いたんだろうな」

だから爆発したのだが、マリアンヌ王女やその取り巻きたちは錬金術に詳しいわけもない。

鍛冶師たちに責任を押しつけるのは簡単だったと思う。

「ここで再起するのは聞いていますけど、うちに来た理由は？　俺は錬金術師ですよ」

圧力鍋みたいに協力することもあるけど、早く足りないものを作り始めた方がいいと思うのだ。

「新しい工房と再起の資金はロイエンタール辺境伯様が貸してくれましたが、我々には一つ無念がありまます」

「圧力鍋です！　我々には、圧力鍋で使える鍋を作る技術はちゃんとあります！」

「それをあのスタリオンめ！　自分のミスを我々に押しつけやがって！」

「マリアンヌ王女から気に入られているのをいいことに！　とんでもない野郎だ！」

彼らは、圧力鍋が破裂したのは自分たちの技術力不足ではないことを証明するため、俺に鍋を作る仕事をくれと頼みに来たのか。

このロイエンタール辺境伯領で、自分たちの無罪を腕で証明しようというわけだ。

「いいですよ。実は、注文が増えすぎて鍋が足りないんです」

　錬金で作る部品は、ゴーレムを使った生産ラインで余裕を持って錬金できるのだけど、問題になっていたのは鍋不足であった。

　下手な鍛冶師に作らせると破裂事故の素なので、オットー工房では厳しい品質検査を課していたからだ。

「蓋つき鍋の仕様はすでに統一した基準があるので、これはお教えします。あとは、検査で合格を出せるかどうかですね」

「俺たちにも職人としての意地がある！　必ず合格を出してみせる！」

「そのくらいできなければ、再起する意味などないからな」

「ようし、頑張るぞ！」

　やる気を回復させた鍛冶師たちは、それぞれロイエンタール辺境伯から与えられた工房へと走って行く。

　そして数日後、製造した蓋つき鍋が無事に検査に合格し、こちらも大人気の圧力鍋の増産ができて、お互いに得をした気分だ。

「その代わり、ダスオンの鍛冶師たちのレベルは大幅に落ちました」

　ダスオンでも指折りの優秀な鍛冶師たちだからこそ、圧力鍋に使う蓋つき鍋の製造を任せたのに、スタリオンは自らの保身のため、彼らを無実の罪に陥れてしまったのだから当然だ。

　優秀な鍛冶師たちや、今回の事件の真相を知る市民たちが逃げ出し、ますますダスオンとシッタルは寂れてしまったはず。

「腕が悪い鍛冶師や錬金術師たちには天国らしいけどな。親父が嘆いてたぜ。そいつらは、スタリオンとつるんでいるって」

　自分よりも腕がいい錬金術師と鍛冶師たちがほぼ消えてしまい、特に錬金術師は深刻なまでに数が減ってしまった。

　だがダスオンとシッタルの人口が大幅に減っても、彼らはまったく困っていない。

　それ以上に鍛冶師と錬金術師が減ってしまったので、腕が悪かろうが仕事に困ることがなくなり、その功労者であるスタリオンに尻尾を振るようになったそうだ。

「政治力の勝利ですね。教会も今の支部数を維持できないので、ロイエンタール辺境伯領に引っ越す神官が増えているのです」

　今のところはスタリオンの勝利だけど、将来は確実にダスオンとシッタルは衰退……もう衰退しているか……。

　今のスタリオンに必要なのは、錬金術の腕を磨くことなんだけどなぁ……。

「新天地で努力した鍛冶師たちは無事に鍋で合格点を出せたけど、旦那の錬金物に使う金属製品の需要は増える一方だぜ。彼らの工房の生産力が上がったら注文しよう」

　それはいい傾向で俺も嬉しいけど、鍛冶師たちの工房はまだ立ち上がったばかりだ。

　もう少し様子を見つつ、無理をせずに生産量を上げてもらおう。

　引っ越して数日でここまで成果が出るなんて、さすがはロイエンタール辺境伯というべきか。

　逆に、ダスオンとシッタルの都督なのにマリアンヌ王女は酷いものだ。

　いまだ滅亡病の流行は完全に終わっていないのに、彼女がトップでは色々と大変だろうな。

「オイゲンさん、このあとすぐ、ロイエンタール辺境伯がいらっしゃるそうです」

「なにかまた仕事の依頼かな？」

「正解だよ。オイゲン君」

ハイデマリーが俺にそう知らせに来たのを見計らったかのように、効率を重視するロイエンタール辺境伯が姿を現した。

「実は南に進出したい。なにしろ内海じゃなくて外海に繋がってるからね。クリーク山脈北東部は、共にブルネン王国の仮想敵国であるドーラ王国、アイワット大公国があるから進出は難しいけど、南部は『商人連合』しかない。あそこは商人たちによって治められているから、利になれば交易が簡単にできるのさ。外海を隔てた他国の産物も手に入りやすい」

南部の商人連合との直接交易かぁ……。

確かにいい手なのだが、やはりクリーク山脈がネックになるよなぁ……。

旧クリーク王国もクリーク山脈が壁になって、商人連合とはほとんど交易をしていなかった。

「トンネルでも掘りますか？」

「まさか。トンネルは掘るのが大変なんだよ。時間も経費もかかってしまうし、成功する保証もない。落盤、漏水、山自体が崩壊してしまうかもしれず……そこで、錬金飛行船をオイゲン君に作ってもらいたいのさ」

「あの……ロイエンタール辺境伯。いくら旦那が凄くても、錬金飛行船は難しいと思うぜ」

モアが言いにくそうに、ロイエンタール辺境伯に対し説明した。

「そうですね。ブルネン王国でも二隻しか運用していない代物ですから」

「それも燃費や維持費の関係で、港に置かれている時間の方が多いときたものだ」

この世界には、錬金術で作られた飛行船が存在する。

原理は意外と簡単で、飛行船の機関部に『飛行魔法陣板』を合金製の筒に入れたものを設置し、そこに魔力を籠めると飛行魔法が発動して、飛行船が飛べるようになるのだ。

原理が簡単ゆえに、実は玩具サイズの錬金飛行船なら、錬金術師も錬金の練習目的でたまに作る。

お金持ちの子供向けの玩具として需要があり、勿論俺も作れるし、何度も依頼を受けて作った。

ところが、これが人や荷物を乗せて飛ばす大型船になると話が変わってくる。

錬金飛行船は、大型になればなるほど燃費が加速度的に悪くなってしまうからだ。

そのため、ブルネン王国が運用する錬金飛行船でも、年に数回しか動かしていなかったはずだ。

動かすと莫大な経費がかかるからで、軍の演習や王様の地方視察などでしか使用されなかった。

「錬金飛行船ですか……どの程度のものをご希望で？」

「なるべく大きくて、沢山人と荷物を積めて、高く、速く、長く飛び、頑丈で長持ちし、燃費がいい船がいいね」

「あのぅ……ロイエンタール辺境伯。それはボクでもそう思いますけど……」

「ある程度荷を運べて、商人連合の首都レガリアまで辿り着ければいいよ。最初は挨拶程度の小商いにするからね。時間はいくらかかってもいい。当然補助も出す」

「わかりました。やってみますが……船体はありますか？」

「実はあるんだ」

「あるんですか！」

クリーク王国が錬金飛行船を所持していたとか、研究していた話なんて聞いたことあったかな？

「どうやら大昔の発掘品らしい。旧クリーク王国は、このクリークドルク近郊で見つけた大昔の錬金飛行船を研究、保管するため、発掘された錬金飛行船を覆う屋根を建設していてね。旧クリーク王国を接収した時に話は聞いていたのだけど、これまでは他のことを優先していたから、後回しだったのさ。好きに見て弄ってくれていいよ」

「いいんですか？」

「パメラに見てもらったんだけど、完全にお手上げだそうだ。このまま屋根付きの置き場で維持するだけでも経費がかかるとなれば、もうこれはオイゲン君に賭けるしかないという結論に至ったわけだよ。駄目元だから気にしないで弄ってくれたまえ」

「そこまで仰られるのであれば、自由に弄らせてもらいます」

錬金飛行船の現物で、さらに古の発掘品とは凄い。

もし俺がザブルク工房を追い出されていなかったら、一生縁がなかっただろうな。

このところ、同じようなものばかり量産していたから少し刺激が欲しいと思っていたところだ。

このところ大分稼がせてもらったし、しばらくは未知の錬金飛行船の解析と、できればこれを再び空に飛ばしてみたいものだ。

空を飛ぶって男のロマンだから、久々にワクワクしてきたな。


「船体が黒いですね。焦げているのですか？」

「マリちゃん。触っても手が汚れないから、この錬金飛行船の材料は元から黒いんだよ」

「オイゲンさん、これは金属なのでしょうか？」

「金属じゃないと思うな。錬金で作った未知の素材……だよなぁ……あたいは見たことねぇ」


早速、発掘された錬金飛行船を見てみることにした。

クリークドルク郊外にある、屋根だけの簡素な建造物の中に、全長五十メートルほどの漆黒(しっこく)の船体が鎮座していた。

半ば地面に埋まっていたようで、どうにか船体全体が見えるよう掘り起こしてはあった。

マストも一本だけ残っており、これも船体と同じ素材でできているようだ。

「オイゲンさん、ハイデマリーさん、メルルさん、モアさん。こっちですよ」

先に錬金飛行船を調査していたパメラに声をかけられた。

彼女は念入りに船体に手を当てながら魔力を流し、船体を構成する素材の正体を突き止めようとしている。

「パメラ、どうかな？」

「これ、なんなんでしょうね？　どうにもサッパリですよ。あっ、これが剥離(はくり)していた部分です」

俺はパメラから、船体の素材の破片を手渡された。

手に持つと思った以上に軽く、金属……じゃなくてプラスチックとかそういう系統の素材に似ているような……。

モンスターの素材である可能性もあり、これは詳細な分析が必要だな。

「パメラ、黒い船に使われている素材と、その製法に心当たりはあるかな？」

「そうですねぇ……この黒い物質は、『錬金炭(れんきんたん)』の可能性が高いかと……ですが、触っても手が汚れないのが変なんです」

さすがは測定錬金術師、すぐにこの黒い外装の材料を推測するとは。

「確かに、かなり錬金炭っぽいかな？」

この世界では煮炊(にた)きに炭がよく使われるけど、錬金の材料にもなる魔力窯で作る錬金炭も存在しており、炭素以外の不純物が少ないほど錬金は成功しやすく品質も高い。

当然パメラは、これまで多くの錬金炭の品質測定をしているから、この船の黒い素材が錬金炭に極めて近いものだと気がついたのであろう。

だが、錬金炭は触ると手が黒く汚れるので、普通の錬金炭だとは思っていなかった。

俺の見立てでは、この錬金飛行船の大半はカーボンナノチューブに構造が似た、それでいて錬金術を用いて作られた素材で構成されているものだと思う。

「錬金炭になにかしらの混ぜ物をして錬金しているはず。その混ぜ物はなにかモンスターの素材を用いている可能性が高いかな。骨か外殻？　モンスターの種類と配合比がわかればなぁ……」

「オイゲンさん、この破片を進呈しますので、ご自由に研究なさってください」

「いいの？」

たとえ破片でも、貴重なサンプルだと思うのだけど……。

「オイゲンさんは正式にお館様から依頼を受けたので、研究資料の譲渡は当然です。それに、他にも破片はあるのですよ。なんとこの黒い破片は、機関部の飛行魔法陣板（マジカルフライサークルボード）を覆っている筒にも使われていたんです」

「この発掘錬金飛行船は、帆と備品以外はすべて同じ素材でできているのか」

「はい。この船が動かないのは、筒が割れて飛行魔法陣板（マジカルフライサークルボード）も行方不明だからだと調査で判明しました。飛行魔法陣板（マジカルフライサークルボード）と黒い素材の再現と加工に成功すれば、この船は再び飛行可能になるでしょう」

とは言うけど、旧クリーク王国が長年持て余していたので、難易度はかなり高いはず。

「飛行魔法陣板（マジカルフライサークルボード）もないのか……」

「それはボクの専門。飛行魔法陣（マジカルフライサークル）に関しては、今の方が改良も進んでいるから性能は圧倒的にいいと思うよ」

「それにしては、今の錬金飛行船は性能が悪いですね」

「筒の性能がねぇ……魔力籠めてもすぐに魔力が漏(も)れてしまうから、稼働時間が短いんだよ。昔の錬金飛行船は今よりかなり性能がよかったって古い文献(ぶんけん)では見るから、上手く再建できれば」

実は錬金術は、千年ほど前に一度、滅亡寸前にまで衰退してしまった。

モンスター溢れる瘴地が出現した際、他の大陸にある『錬金術の首都』と呼ばれていた都市がモンスターたちによって滅ぼされ、多くの優秀な錬金術師たちが殺されたからだ。

昔の錬金術師たちだって魔法は得意だったはずなんだが、突然出現したモンスターたちに対し実戦経験がないがために大苦戦し、その多くが死んでしまった。

その際に、永遠に失われたレシピは膨大なものになったと書籍には記されており、だから数百年前に貴族たちは錬金術を趣味として技術力を上げようとしたが、いまだ現在の錬金術は千年前よりも遅れている状態だそうだ。

そしてまた、この数十年で錬金術師たちの質が落ち始めており、まともな為政者たちはどうにかしようと懸命に足掻(あが)いていた。

ブルネン王国も対策はしているが、王都優遇(ゆうぐう)を推進する貴族たちと水面下で争っている状態なので成果はイマイチらしいけど。

「飛行魔法陣(マジカルフライサークル)はボクが最新型のを用意するし、ボク流のアレンジも加えるから性能アップは確実だね。魔法陣を挟む『板』は、移動魔法陣(トランスファーサークル)のものと同じだから、これはオイゲンくんに任せるね」

「俺は飛行魔法陣板(マジカルフライサークルボード)を覆う筒を完成させるのが最優先かぁ……ところで、この辺の瘴地でよく出現するモンスターは？」

「『赤汗馬（せきかんば）』ですね。群れで他のモンスターたちを蹴り殺して貪（むさぼ）り食らう狂暴な奴です」

「なるほど。赤い汗をかく馬かぁ」

パメラが教えてくれた赤汗馬とは、黒い肌に、常に赤い血のような汗を流しながら群れで行動する馬型のモンスターであるらしい。

かなり獰猛（どうもう）で、馬なのに雑食なので冒険者が定期的に食べられてしまうことでも有名だと言う。

「馬かぁ……（馬の骨って、確か地球ではボーンチャイナ、焼き物でも使われていたような……試してみよう）」

どうせ錬金なんて試行錯誤の繰り返しで、予測を立てたらあとは試してみるしかない。

俺は、パメラから貰った黒い破片を持って屋敷へと戻るのであった。


「うーーーむ。ハイデマリーはどう思う？」

「似てますけど、黒さが薄いような……」

「モアはどう思う？」

「配合比の調整がまだ甘いんだろうな。色々試すしかないぜ。根気勝負だな」

「それにしても、よく短時間でここまで……。さすがはオイゲンさん。うちのお館様が認めるだけのことはあります！」

「パメラ、落ち着いて。まだ完成していないから」

黒い破片を構成する錬金物の試作だが、材料はほぼ特定できた。

錬金炭、赤汗馬の骨、赤汗馬の魔石のみであった。

素材の性質としては、地球のカーボンナノチューブ複合材によく似ている。

頑丈で熱にも強いので、当時は便利な素材扱いされていたのであろうが、千年前にその製法は失われてしまった。

それを今俺が再現しているのだけど、見本の破片に比べると、少し黒色が薄いのがすぐにわかる。

強度と耐熱性もかなり低いという結果を、試作したサンプルを測定しているパメラが教えてくれた。

彼女は錬金自体はそう得意でもないのだけど、錬金物の品質、性能の測定ではピカ一の才能を持ち、彼女が駄目だと言えば駄目なのだ。

「材料の配合比を変えていけばいい。何百回、何千回。場合によっては何万回でも試す」

これが素材の焼成なら時間がかかるが、錬金なのでそう時間はかからない。

できる限り色々な調合比で錬金を試し、パメラに測定してもらうしかないのだ。

「私の測定結果から推察するに、基本は間違っていません。もう少しですね」

「それがわかればもうすぐだ」

「オイゲンさんは集中力がありますね」

「好きだからかな、錬金が。だから集中できる」

前世ではなんとなく働いて給料を貰っていた身の上であったので、別に仕事が好きとかそんなことはなく、だけど今は出た成果がそのまま収入と世間からの評価に繋がるからやる気が出る。

だからこそ、それを異常に欲したスタリオンはあんな風になってしまったのかもしれないけど
……。

「私には縁のない世界です。私は測定錬金術師なので、同じ錬金術師たちにも嫌われますから……。オイゲンさんのように接してくれる錬金術師は少ないのです」

可哀想なんだけど、測定錬金術師に苦労して錬金したものを低評価される錬金術師たちの気持ちはわからないでもない。

だけど測定錬金術師は、いなければ困ってしまう存在なのだ。

錬金物は、同じ錬金術師が作っても品質にバラツキが出てしまう。

たまたまその錬金物だけ品質が落ちたのなら、それはよくあることなので避ければ問題ない。

だけど、その錬金術師が錬金したものすべての品質が落ちていくことがある。

それは手抜きの恒常化だったり、加齢によって魔力量、身体能力、集中力に衰えが出たからというケースもあった。

後者の場合、測定錬金術師はその事実を雇われている貴族なり、商業ギルドなり、王家に報告しなければならない。

それが指定錬金工房に指名されている錬金術師の場合、最悪交代させなければならないからだ。

そんな時、衰えた錬金術師は当然測定錬金術師を恨む。

なにも悪いことをしていないのに、お巡りさんが来ると警戒するのと同じように、測定錬金術師は同業者たちに避けられる傾向があるのだ。

「誰かがやらないと駄目な仕事で、パメラはきちんとこの仕事をこなしている。ロイエンタール辺境伯からの信頼も厚いのだから、気にするな、というのも難しいよなぁ……」

「あの……オイゲンさんは、もし私から錬金物の品質が下がったと言われたらどうしますか？　今は大丈夫ですよ！　間違いなく、ロイエンタール辺境伯領内で一番優れた錬金術師ですから」

「そうだなぁ。まずは品質が落ちた原因を探すかな。たまたましくじったのか、素材の吟味に手を抜いたのか、俺の状態が変わって錬金レシピの変更が必要なケースだってあるから、それを知ろうとする」

優秀な錬金術師というのは、高性能な精密機械のような側面も持つ。

ちょっとしたことで錬金物の品質が下がることは珍しくない。

逆に、本人がなにかした自覚もないのに、急に品質が上がってしまうこともあるのだけど。

「もしどう工夫しても駄目だったら、それはもう受け入れるしかないな。指定錬金工房を返上して、傷薬でも作ればいいさ。それでも十分に稼げる。それも駄目になったとしたら、引退すればいい」

作れもしないものを作れると言い張って、分不相応の待遇を受けているスタリオンを見ていると、逆に冷めてしまうというか。

老後に備えた貯金なんてすでに使いきれないくらいあるので、今はただできる限り錬金を続けて、駄目になったら、その時に第二の人生を考えればいいのだから。

「知り合いになった実力のある錬金術師に対し、引導を渡すかもしれない仕事だから大変だよね。でも、誰かがやらないとダスオンみたいになる」

マリアンヌ王女にも測定錬金術師はついているはずで、その人ならスタリオンの錬金術師としての実力なんて簡単に見抜けるはずだ。

実際に錬金しているフランソワを見出せばいいのに、それをせずに放置しているのだから、無責任にもほどがある。

もしくはその測定錬金術師は、スタリオンを気に入っているマリアンヌ王女に忖度しているだけなのか？

「だから、今のパメラは正しいと思う。パメラがちゃんと仕事をしているからこそ、ロイエンタール辺境伯領は確実に発展しているのだから」

「オイゲンさん……」

「俺はそういう風に思っているよ。それにしても、材料の配合比はこれでいいと思うんだよなぁ……なにが悪いのかな？」

可能な限り配合比を変えて試してみたけど、まだできあがった錬金物の黒さはくすんでいた。

これだと、まだ強度などに問題があるはずだ。

「なにが悪いのか……パメラ、なにか思いつくことはあるかな？」

「そうですねぇ……私も仕事柄、多くの錬金術師の錬金レシピを拝見していますけど、これ以上配合比を微量ずつ弄ってもあまり品質に差が出ないどころか、下がる可能性もあります。なにか別の加工が必要なのでは？」

「他の加工かぁ……」

錬金炭はもうこれ以上加工しようがないし、赤汗馬の骨と魔石の分量以外も弄りようがない。

あとは……先日、動物の骨を使うからボーンチャイナみたいって……そうか！

骨はちゃんと焼成、それも錬金炭と同じく錬金を用いて焼成すればいいのか！

そのあとで、すべての材料を混ぜて錬金すれば……いけそうな気がしてきた！

「パメラ、ヒントをありがとう！」

早速、赤汗馬の骨を先に魔石を用いて焼成し、配合比も微調整してから錬金を行った。

するると、例の破片と同等の黒色をした錬金物が完成した。

「やったよ！　パメラ！　君のおかげで古の錬金物を復活させることができた！」

「どういたしまして。よかったですね、オイゲンさん」

やはり錬金で手を抜いては駄目なのだ。

作業の効率化と手抜きは違うのだから。

「測定をお願いします」

「はい。これから急ぎ精密測定に入りますね」

パメラは自分の仕事に悩んでいたようだけど、元どおりに回復したようでよかった。

測定錬金術師とは、誰でもできるものではない、とても大切な仕事なのだから。

「モア、あとは形成の手順の確認と……メルルの飛行魔法陣（マジカルフライサークル）は大丈夫かな？」

「それは問題ないよ。それにしても……」

「なにかな？」

「オイゲンくんも、なかなかに罪深いね」

「禁断の錬金技術を復活させたこと？」

千年間、誰も作れなかったものだから、そう思われても仕方がないかも。

「そういうことじゃないんだけどねぇ……ほら、飛行魔法陣（マジカルフライサークル）とそれを挟む板はもう貰ってるから、挟み込んで完成だ」

メルルが完成させた、錬金飛行船を飛ばす飛行魔法陣板（マジカルフライサークルボード）は十メートル四方のものが移動魔法陣（トランスファーサークル）と同じく板に挟んであり、それが十枚も重ねられ高さは五メートルほどある。

不思議なことに、板と板の間には均等に隙間があって浮かんでいた。

こちらは錬金術とは違って、時代が進むにつれてと小型化、高性能化したそうで、錬金術とは違う魔法技術研究の成果というわけだ。

魔法はモンスターたちの脅威に対抗すべく、錬金術とは違って順調に進化していた。

パメラが合格点を出した飛行魔法陣板を、先ほど完成した錬金物の大きな筒に閉じ込め、錬金飛行船の機関部に設置する。

「大丈夫だと思いたい」

「素人目に見ても、同じように見えましたけどね」

ハイデマリーの意見が正しかったようで、三十分ほどでパメラは合格を出してくれた。

「ところでこの黒い錬金素材ですけど、名前はどうしましょうか？」

「伝わっていないんですか？」

「はい。どんな古文書を見ても、正式名称は書いてないそうです」

「じゃあ、『黒材』でいいんじゃないかな？」

別に凝った名前は必要じゃないと思うんだ。

名前よりも、実際に役に立つのかが重要なのだから。

「この発掘錬金飛行船だけど、筒を機関部に設置したら、壊れている船体の修繕と、一本しかないマストを立てて……帆もいるのか……」

「帆は、お館様が他の錬金術師に頼んでいます。空を飛ぶ船の帆なので、ただの帆だとすぐに駄目になってしまうんですよ」

だから、錬金で作る特別製の帆を装着するわけか。

船の艤装作業はロイエンタール辺境伯家監督の下順調に進行し、外から見れば錬金飛行船はほぼ完成という状態まで修理が終わっていた。

「この筒、蓋はないんですか？」

「当然あるよ」

筒は、飛行魔法陣板（マジカルフライサークルボード）を稼働させる魔力を外に逃がさないために存在している。

一見、筒に大した役割はないように思えるが、今の筒はとにかく魔力が漏れやすく、それが劇的な稼働時間の低下を招いていた。

昔の、籠めた魔力が漏れにくい筒を再現することが燃費の大幅な向上に繋がるのだ。

「実は筒の蓋は、あの技術を応用できるのさ」

そう、オットー工房が現在増産中である圧力鍋の蓋を密閉するパッキン、ロックレバー。

すべて黒材製にする必要はあったが、成型技術などは十分に応用できた。

蓋を自由に開けられた方が、中に入れた飛行魔法陣板（マジカルフライサークルボード）のメンテナンスも楽にできるので、俺はロイエンタール辺境伯の依頼どおりにしたわけだ。

「メルル、メインの飛行魔法陣板（マジカルフライサークルボード）の四方に、四つの小さな魔法陣板もありますけど、これは？」

「マリちゃん、これがないと一度浮かせた錬金飛行船を停止させるのに手間がかかるんだよ。これは、昔の錬金飛行船にもない新しい発明だよ」

メインの十枚重ねの飛行魔法陣板（マジカルフライサークルボード）の近くに、やはり板に挟まれて一メートルほどの高さに浮いている五十センチ四方の小型魔法陣は、宇宙船のコンソールパネルのようにも見えた。

「この四枚の小さな魔法陣で、一度宙に浮かせた錬金飛行船を停止、着地させるのか」

「オイゲンくん、鋭いね。この小さな魔法陣板から、飛行魔法陣板（マジカルフライサークルボード）に停止命令を送るんだよ」

「さすがはメルル、そんな魔法陣を作れるなんて凄いです」

ハイデマリーは、メルルの天才ぶりに感心していた。

「そんな事情で船舶関連の技術も発達しているから、操船は昔のものよりも楽だし、安全だよ。ただ今の錬金飛行船は、燃費が救いようがないほど悪いだけで」

「そこが駄目だと、民間で使えないじゃないか」

「モア、だからどこの国も軍しか所持していないのさ。あとは、大物貴族が見栄(みえ)で持つとかね」

錬金飛行船には弱点があり、それは一度筒の中の飛行魔法陣板(マジカルフライサークルボード)に魔力を注入すると、魔力が切れるまでずっと浮かび上がり続けることだ。

筒の中の魔力が尽きないと地面に降ろせないので、仕方がないから頑丈なロープで船と地面を縛り付けたり、重たい錘を用いて着陸時に浮かび上がらないようにしていた。

「筒の外側から、四枚の小さな魔法陣板に停止命令を魔法の要領で籠めると、飛行魔法陣板(マジカルフライサークルボード)の機能が停止する。他にも、緊急時にゆっくりと着陸させられて、これは非常用。で、操舵室にも方向とか、速度、高度を変える魔法陣板もあるよ。これは、ちょっと魔力を送り込めばいいんだけどね」

サブの魔法陣板を作動させると、筒の中の飛行魔法陣板(マジカルフライサークルボード)も連動するよう、メルルが魔法陣を改良してくれた。

素晴らしい技術だと思うけど、実は王国軍が所有する錬金飛行船にはすでに導入されている技術だそうだ。

天才魔法使いであるメルルは、それを最新型にアップデートして性能を上げることができるのが凄いと思う。

「ただ、王国軍の錬金飛行船はとても燃費が悪いから、この装置を使うまでもなくすぐに着陸させるから、あまり使われないけどね」

魔力を節約しようにも、その前に筒の中の魔力が尽きてしまうのか……。

「よく墜落しないな」

「船員たちが錬金飛行船の残存魔力量に常に注意して、上手く降ろすんだよ。墜落で死にたくないから、その訓練は真面目にやっているって聞いたよ」

そんな様じゃあ、ブルネン王国の錬金飛行船が王都から離れないのも納得というか。

「そんなブルネン王国の錬金飛行船よりも、圧倒的に高性能な錬金飛行船を作れるなんて、さすがはオイゲンさんです」

「いやあ、照れるなぁ……」

感極まったパメラに両手を握られながら褒められたが、美少女に褒められて悪い気はしないな。

「就航に向けた最終艤装作業は、ロイエンタール辺境伯家が責任を持って実施するそうです」

「船を動かす人はいるのかな？」

いくら操船が楽になるとはいえ、空飛ぶ船なので、できれば経験者に動かしてほしいものだ。

「大丈夫ですよ。ちゃんと人員はいますから」

「どこから引き抜いたの？」

ロイエンタール辺境伯家って、錬金飛行船を所持していなかったはずなんだけど。

「家臣の中から、そういう人材を王国軍に出向させているんです。ブルネン王国も船乗りを確保したいので、そういう出向を認めているのですよ」

船員なんて、空も海もそう簡単に教育できない。

ブルネン王国のみならずどこの国も、できれば錬金飛行船も、水上を走る船も数を増やしたいし、そのために人材を教育しているわけか。

「とはいえ、現在ブルネン王国軍が建造、運用している錬金船はわずか二隻。人が大量に余っているのです。出向したロイエンタール辺境伯家の家臣たちが戻ってもなにも言われませんよ」

錬金飛行船を増やす前提で人を増やしたのに、思った以上に船が増えなかったのか……。

建造も維持も、とてつもないコストがかかるから当然か。

「それを一気に解決したのが、オイゲンさんというわけです。さすがです」

パメラから尊敬の眼差しで見られてしまい、錬金術師としてはザブルク工房を追い出されてかえってよかったと実感できた瞬間だ。

師匠にはちょっと悪い気もするけど、俺はザブルク工房の名ではなく、我が師ボルドーの技を後世に伝えることで恩を返そうと思う。

言い訳だけど、師匠の妻と娘がアレだったからなぁ……これはもう不可抗力でしょう。

第五章　錬金飛行船と水上船

「旦那ぁーーー！　おっ！　すげえな！　こんなに錬金飛行船の船体が沢山あるなんて！」

「量産方法が確立されたんだよね」

「わずか三日でか？」

「さすがにこの船体をさらに加工、艤装しないと錬金飛行船にならないし、黒材ではない部品や素材の調達と取り付けもあるから、まずは発掘錬金飛行船の再就航が最優先だよ」

「それにしても凄いな」

「モア、工房の方は大丈夫かな？」

「旦那がこっちにかかりきりだから、難易度の高い錬金物は親父とグリワス工房他、腕のいい錬金工房に仕事を回して、ゴーレムたちに量産品を作らせている」

「じゃあ大丈夫だな」


クリークドルク郊外にある発掘錬金飛行船の置き場には、多数の錬金飛行船の船体が並んでいた。

これは、量産型の錬金飛行船である。

腕のいい職人が船体の型を作り、俺がそこに黒材を錬金して流し込む。

完成した船体だが、やはり多少は削ったりして加工はしないといけないし、マスト、帆、飛行魔法陣板（マジカルフライサークルボード）、その他様々な部品、装備品なども設置したり装着するので、発掘錬金飛行船を基にした五十メートル級と、さらに大型化した百メートル級各十二隻は、来月の就航予定となっていた。

各十二隻なのは、常に八隻を動かし、残り四隻は整備と新しい船員の訓練に使う予定とのことであった。

飛行魔法陣板(マジカルフライサークルボード)の最新版は、今メルルが懸命に他の魔法使いたちと一緒に製造している最中であった。

「こんなに沢山、魔力は大丈夫なのかね?」

錬金飛行船を動かす飛行魔法陣板(マジカルフライサークルボード)は大量の魔力を消費する。

その補充方法は、人間が魔力を補充するか、モンスターから獲れる魔石を用いるかのどちらかだが、これまでの錬金飛行船はとにかく燃費が悪い。

ブルネン王国でも二隻しか運用していないものを、発掘品を合わせて来月から一気に二十五隻も運用するので、モアは心配になったのであろう。

「その辺は、ロイエンタール辺境伯が計算しないわけがないから大丈夫。それに、ブルネン王国の錬金飛行船よりも圧倒的に燃費がいいからね」

「どのくらいなんだ?」

「二隻を運用しているブルネン王国の十分の一以下で、二十五隻は運用できる」

「そんなに違うものなのか……まるで手品だな」

以前から色々と研究していた俺からしたら、むしろ現在運用されている錬金飛行船の燃費が悪すぎるという感想しか抱かないけど。

「もうそろそろ錬金飛行船の仕事が終わるから、そうしたら工房を通常モードに戻そう」

「そうだな。旦那、早く戻ってきてくれぇ」

さて、次はなにを作ろうか……。

でも圧力鍋の注文が追い付かないというから、そっちに集中した方がいいのかな？

＊＊＊＊

「パメラ、凄いだろう？　オイゲン君は」

「はい。ザブルク工房はバカなことをしましたね」

「だから、有名な錬金術師だったボルドー氏の妻と娘は、スタリオンとフランソワにザブルク工房を奪われて困窮しているのさ。バカにつける薬はないわけだね」

「その二人ですが王都に逃げ込んだと、錬金術師たちからの噂で聞きましたよ」

「スラムで厳しい生活をしているようだね。もうオイゲン君には関係のない話さ。彼の功績は凄いものさ。その褒美は是非……このところ、実に戻りがよくなった。まだまだ私もイケるね」

「あの……本当に、オイゲンさんに嫁ぐつもりなのですか？」

「当然、もう彼はロイエンタール辺境伯家で保護しないと危ないから」

「それはわかりますけど……」

最近、お館様は時間があれば男装を解いて女性っぽい格好に戻しています。

いつ見ても惚れ惚れするほどの綺麗さですが、だからといってサプライズでオイゲンさんに押しかけ女房をするなんてどうかと思う。

オイゲンさん、驚きのあまり心臓が止まらないといいけど……。

来年、お館様はあくまでも臨時ということで務めていた当主を引退してしまわれる。そこから徐々に話を進めればいいような……。

駄目だとは言いませんが、その話を聞くとどうにも気分がよくないような……。

「とはいえ、変更点はいくつかあってね」

「変更点ですか？」

「オイゲン君の功績は凄い、凄すぎるなので、なるべく早く彼との婚約を発表してしまおうと思う。同時に、オイゲン君は我がロイエンタール辺境伯家の一門分家当主になるわけだ。彼には私が嫁ぐし、私が産んだ子が次の分家当主になれば全然問題ない」

問題はない……ないですけど、せめてオイゲンさんに打診くらいしたらどうでしょうか？

「仕方がないんだ。急がないと、ブルネン王国や他国、他の貴族たちがうるさいのでね。彼はロイエンタール辺境伯家の人間になるんだということを世間に公表してしまった方が、彼を守ることにも繋がるからね」

そうですね。

もしオイゲンさんが今のままだと、最悪拉致、誘拐を目論む貴族、商人、国家……特にブルネン王国が特級錬金術師に任命して王都に取り込もうとするでしょうから。

「彼が自由に錬金術師として活動できるよう、私はよき妻として彼を支える所存だ。新当主となるルアンにも是非頑張ってもらわないとね」

ルアン様は優秀な方だけど、きっとお館様に言いたいことはあるんだろうなぁ……と思います。

「ですが、オットー工房の従業員の方々が怒るのではないかと……」

ハイデマリーさんも、メルルさんも、モアさんも。

あきらかに一人の女性として、オイゲンさんに好意を持っていますからね。

いくらお館様とはいえ、いきなり上からオイゲンさんを攫(さら)っていったら不満が出ると思います。

「ああ、そんなことか。オイゲン君の妻になりたいのであれば、全然問題ないさ。

私が産む子が分家の跡継ぎになることを邪魔しなければ、誰もが自由にそうすればいい」

大物貴族のこの割り切りって、たまに凄いなぁ……って思ってしまいます。

「だからパメラも、オイゲン君の妻になっても全然問題ないからね。私が許可しよう」

「……」

「即座に否定しなかったということは、彼に気があるのかな？　彼は腕のいい錬金術師だからね。当然か」

「お館様、私は……」

凄腕の錬金術師で尊敬できるのと、私の測定錬金術師としての立場を理解してくれるとても優しい人なので、もしそんな風になったとしても……なったらいいかなって思いますけど。

「なら自分に正直になればいい。別に私は咎(とが)めはしないからね」

さすがはお館様……。

私もオイゲンさんの奥さんになれるのだとしたら、今度もう少し二人だけでお喋(しゃべ)りできるといいなと思う私でした。

＊＊＊＊

「ついに就航しましたね。でもこれ、いつ動かすんですか？」

「これからだよ。まずは船員たちだけで飛ばす。オイゲン君たちも、この船が浮かび上がるところを見ていてくれ」

「オイゲンさん、いよいよですね。私も魔力を提供したので、とても楽しみです」

「ボクも飛行魔法陣（マジカルフライサークル）の製造で協力したからね。早く実際に船が浮かび上がるところを見たいよ」

「あたいも一部部品や艤装品を錬金したから、無事に浮かび上がってほしいな」

「測定の結果、この船に問題はないので、きっと成功しますよ」

発掘された、黒材製の錬金飛行船は完全に修理、改良が終了して、その雄姿を俺たちの前で披露（ひろう）していた。

そして十数名の船員たちが、忙しそうに出発準備をしている。

これからこの錬金飛行船は実際に飛び立つので、俺たちはそれを見学に来ていた。

「お館様、いつでも飛び立てますよ」

「では、やってくれ」

「わかりました。出発するぞ！　総員！　船に乗り込め！」

四十歳前後に見える船長の命令で船員たちが一斉に錬金飛行船に乗り込み、それから数分後、無事に錬金飛行船は浮かび上がった。

「成功だ！」

そしてそのまま、一気に上空へと浮かび上がった錬金飛行船は、決められた飛行試験を消化すべく、我々の前から飛び去ってしまった。

「これでほぼ成功したようなものだね。しばらく決められた飛行試験をしてから、まずはあの一隻が就航となる」

「ああやって実際に飛んでいるところを見ると感動しますね」

「そうだね。ただ王国の船よりも運用コストは圧倒的に低いけど、やはり経費を稼いでもらいたいところだ」

「いよいよ商人連合との交易ってですね。ところで、ドーラ王国とアイワット大公国は？」

ハイデマリーは、たとえ両国が仮想敵国でも貿易はできるかもしれないと思ったのだろう。

「残念ながら色々と障害があるね」

険しいクリーク山脈のおかげで実際に戦争になったことはないが、勝手に交易なんてしたらブルネン王国に目をつけられることは間違いなしだろうからな。

「南の『商人連合』は、ブルネン王国を含む多くの国と海運で交易をしているから、あそこと直接錬金飛行船を使って交易しても問題はないさ。旧クリーク王国は、やはりクリーク山脈のせいで交易できなかったそうだからね。まずは一隻だから、嵩張（かさば）らない錬金物を売ろうと思う。錬金物はどこでも需要があって、高額で売れるからね」

色々とあった結果、ロイエンタール辺境伯領には優秀な錬金術師が多数集まり、王都にそう劣らない質と数の錬金術師を抱えるまでになっていたので売り物はあった。

ダスオンとシッタルは……スタリオンと組んだツケだろうな……まあ酷いものらしい。

「そうだ。オイゲン君も一緒に行かないかい？」

「いいですね、それ」

商人連合は他国と交易をしているので、錬金に使えそうな他国でしか手に入らないような素材が多いはず。

ちょうど色々と見て回りたかったのだ。

「船の試験が終わって、交易開始の準備が終わったら声をかけるよ。あの船があれば、経済的な巡航速度でも、交易を含めても二～三日で往復できるからね。時間もかからないさ」

高速で空を飛べるのは、移動時間の短縮もできてとてもいいことだ。

もっと沢山の錬金飛行船が就航したら、このクリークドルクでも簡単に他国の素材などが手に入るようになるはず。

錬金飛行船の修理と改良に協力してよかったと思う俺であった。

＊＊＊＊

「旦那様！　大変です！」

「ブランドル！　この場では私を議長と呼ぶように言ったであろうが！」

まったく、他人の目があるかもしれないのに……。

ブランドルは親父の代から仕える有能な手代(てだい)だが、今の私が商人連合の評議長として執務中なのをすぐに忘れてしまうから困る。

他の議員たちの手前、この評議会執務室で執務を行っている時に、旦那様と呼ぶ奴があるか。

公私混同も甚(はなは)だしく、大げさだと思う者も多かろうが、この国は王や貴族が治めているわけではない。

商人連合は商人たちが自治を行う都市国家で、首都ガレリアと周辺のわずかな土地と、開発もできないクリーク山脈しかない小国だ。

私はこのガレリア最大の商家『マリスク商会』の当主であるが、同時に商人連合を統治する評議長でもあった。

そう簡単に攻められない立地ではあるが、我々をよく思っていない貴族や国も多く、隙を見せるわけにはいかないのだ。

国名をそのまま商人連合としているのは、我々商人たちの気概をストレートに表した……いい加減統治に疲れているのも事実だがな。

「で、なにが大変なのだ？」

「それが……この町の上空に漆黒の巨大な錬金飛行船が！　おかげで町は大騒ぎなのです」

「なんだと！」

ついに、ブルネン王国が軍を繰り出したのか？

しかし、あの国が所有する錬金飛行船は二隻のみで、王国軍も運用コストが高いから、定期的に演習でブルネン王国の王都周辺を飛ばすのみだったはず。

まさか、この商人連合にまで錬金飛行船を寄越すとは……。

これは困った。

我らの住む商人連合はさほど軍備を持っていないし、錬金飛行船の運用もしていない。

交易は主に水上船を使って行われており、このガレリア上空に遊弋されてしまうと威圧感が……。

「ブルネン王国は、錬金飛行船を用いてこの商人連合に威圧をかけてきたのか？」

「ですが評議長。船は一隻のみです」

「一隻かぁ……」

一隻では搭載できる兵員に限界があり、さすがにその程度の兵力なら商人連合の兵力でも十分に防戦できる。

「彼らの意図がわからないな」

「はい」

ブランドルの報告を聞き悩んでいると、そこに評議員の一人が駆け込んできた。

「評議長、上空の錬金飛行船だが、文を投下してきてな。それによると、あの船はロイエンタール辺境伯家の所有するもので、我らとの交易を求めているそうだ。主な商品は錬金物らしい」

「それはありがたいな」

今、全世界規模で滅亡病が広がっており、他国との交易が止まって困っていたのだ。

むろん、商人連合に住む住民が必要な錬金物はほぼ揃えられる。

うちは、錬金術師の数もそれなりに揃っているからだ。

だが、他国や他都市との交易の仲立ちで得られる利益に、一部商人連合でも製造されていない錬金物もあった。

必要性が薄い高級品の流通も滞っており、とにかく今の商人連合は不景気に陥っている。

当然、この国を治める評議会への批判は強まっており……。

中には、『もうやっていられるか！』と議員を辞めたがっている商人もいた。

議員の職よりも、自分の商会の経営状態を優先したいのであろう。

気持ちはわかるが、ここで我らが踏ん張らねば世界で唯一商人が治める国がなくなってしまう。

ただ現状で打てる手は少なく……というところで、ロイエンタール辺境伯家か。

旧クリーク王国を攻め落とし、ブルネン王国よりその領地を授かった大貴族。

噂では当主は女性と聞くが……すぐに船を寄越すところから見て、優秀な人物なのであろう。

結局旧クリーク王国はクリーク山脈に阻まれたまま、ついに我らと交易ができなかったのだから。

「こちらにお通しして、詳しい話を聞くとするか」

「そうだな。欲しいな、錬金物」

「欲しい。できれば購入したい」

商人連合の住民は比較的裕福なので、錬金物の需要が大きい。

それに、徐々に滅亡病の予防・治療薬の入手に成功して交易を再開できた国や都市も出てきた。

そちらに売ることだってできるので、いい錬金物なら是非手に入れておきたい。

「ロイエンタール辺境伯殿には下船していただき、迎賓館で交渉といこう」

「了解しました。評議長」

クリーク山脈を越えたロイエンタール辺境伯領との交易か……。

成功すれば、我らの商圏は大きく広がる。

ブルネン王国と交易をしていないわけではないが、水上船での交易のため、内陸部にある王都オーパーツ、商業都市ダスオンには届かなかった現実もあった。

旧クリーク王国領ルートという、新しい販路を開拓できるのはいい。

「ロイエンタール辺境伯家だと、錬金飛行船は一隻が限界かな。高価な錬金物だけ商えば、それなりに利益率も高いはずだ」

こちらも貴重な素材などを売れば、王都やダスオンに他国でしか産しない貴重な錬金素材を流通させられるという利点もあった。

なのでこの交渉、是非成功させなければ。

＊＊＊＊

「初めまして。商人連合の評議長であるモリス・マリスクと申します」

「お噂はかねがね。現在代理でロイエンタール辺境伯家の当主をしている者だ。じきに弟と交代する予定だけどね。実は我が領地で作られた錬金物を売るところを探していてね」

「なるほど。ところであの船は船体が真っ黒で、形状や艤装にもこれまでとは大きな差があり、なかなかに興味深いところです。なにより、錬金飛行船で商売とはなかなかに剛毅ですな」

「古い発掘品を修理、改良した錬金飛行船でね。従来の錬金飛行船よりも使い勝手がいいので、是非クリーク山脈を越えて商人連合と交易をしたいと思っていたんだよ」

「ほほう……交易にも使える錬金飛行船ですか……」

商人連合……その国名どおり、支配者は有力商人たちから選ばれる評議員たちであった。

彼らはそれぞれ大商会の主のため、新しい錬金飛行船に興味津々らしい。

これまでの錬金飛行船は運用コストが高すぎて交易には使えず、国や貴族が力を誇示するために維持するのが普通だったからだ。

「使い勝手がよろしい……運用コストがお安いのですね」

「利益が出せそうなので、是非商人連合と定期的に交易をしたいと思っていてね。どうかな？」

ロイエンタール辺境伯は、評議長に交易の許可を求めた。

「当然帰りに、そちらの珍しい産物なども購入して戻るつもりだ。片道が空荷では、魔力が勿体ないのでね」

「双方が新たに交易を始める。大変によろしいことかと」

評議長の許可を貰ったので、ロイエンタール辺境伯と俺たちは、その場にいた議員からある場所へと案内された。

「ここは、どこなのですか？」

「錬金術師殿。ここは、商人連合の卸し市場ですよ。ロイエンタール辺境伯家の方々は、この町で初めて荷を売却されると聞きます。まずは、この卸し市場で荷を競売にかけるのがよろしいかと」

大商会の当主でもある議員によると、ここで荷を競売にかけることは、売り主にとって決して損ではないと言う。

「この卸し市場には、商人連合で商売をしている商人の大半が集まります。荷が出ると一斉に競売が始まり、一番高値をつけた者の手に入るのです。一ヵ所に商品を持ち込むと、商人によっては口八丁、手八丁で安く買い叩かれてしまうこともあるので、ある程度相場を知ることができる利もあります。最初だけでも利用することをお勧めしますね」

卸し市場に商品を出して競売が成立すると、売った側も買った側も売値の五パーセントを手数料として納める仕組みだそうだ。

その手数料で、卸し市場は運営されているわけだ。

「あまり相場に大きな変化がない商品ならば、あとは個別に商人と商談して直接売買することもできます。どうしてもその商品が欲しい商人ならば、相場よりも高く買い取ってくれますし、下手に買い取り金額を下げてしまえば、他の商人のところに逃げられてしまう。どの方法で商品を売るのか、自己責任ではありますが、卸し市場を利用すると安全ではあります」

商人が多いからこそ、卸し市場なんてできたのであろう。

そして、商人連合はどの国も貴族にも属さずに発展してきたわけだ。

「……それにしては、あまり荷を売りに来ている人がいませんね。やはり、滅亡病の影響でしょうか？」

「我が国も含め、国によってはすでに予防・治療薬を全国民に接種させ、交易を再開したところもあれば、まだまったく手付かずで交易どころではないところもあります。とにかく交易量の減少が著しく、我々としても不景気で困っていたのです」

滅亡病のせいかぁ……。

ロイエンタール辺境伯からの提案は渡りに船だったわけだ。

「ささっ、どうぞ」

早速、錬金術師のカバンに入れたものや、ロイエンタール辺境伯の護衛たちが船から運んできた錬金物が次々と出品される。

「オイゲンくん、ワクワクしているの？」

「それは、自分が作った錬金物がいくらで売れるのか興味はあるさ」

まずは治療薬（小）、（中）、（大）、毒消し薬、魔力回復剤など。

基本的にどこでも需要があってよく売れるが、そう価格に差が出ない品を出品して様子を見てみよう。

「治療薬（小）の百個セットです！　では初め！」

司会役の合図と共に、競売に参加している商人たちが続々と声をあげる。

ちなみに治療薬（小）は、店頭価格が一個五千シリカ前後くらいだ。

「ええと……つまり？」

「店は三割くらい利益を取るから、仕入れ値は百個で三十五万シリカくらいかな？」

あっ、でも。

そこに五パーセントの手数料が乗っかるから、三十七万シリカを少し切るくらいか？

「旦那、計算が早いな」

「まあね」

そこまで複雑な計算でもないし、これでもザブルク工房時代から原価計算とか財務はちゃんとやってきたからなぁ……。

「モア君は計算は苦手かい？」

「そんなことはないけどさぁ。すぐには計算の答えが出ないじゃん」

暗算って、案外この世界の人はできないようだ。

モアも腕のいい錬金術師なので、決して頭が悪いとかそういうこともなく、ただ単に暗算の経験がないのだと思う。

「四十五万！」

「四十七万！」

「五十万！」

「五十三万！」

「五十五万！」

「五十八万！」

「あれ？　どうしてこんなに高くなっているんだ？」

商人連合には錬金術師の数も多く、治療薬（小）ならほぼ相場で購入できるだろうに……。

でも、仕入れ値が上がっているということは、治療薬（小）が不足気味なのは確かなのだと思う。

「六十五万シリカで落札となりました！　次は治療薬（中）の五十個セットです！」

それからも競売は続いたが、どの品も相場よりもかなり高く落札された。

商人たちは一つでも多く欲しいようで、どんどん値を釣り上げていくのだ。

「新製品です！　ブルネン王国で人気の圧力鍋！　十個セット！」

「百二十万！」

「百三十万だ！」

特に俺しか作れないような錬金物は、相場の倍から三倍近い価格で次々と落札されていく。

大分いいお金になり、ここまで来てよかったと思ったが、商人たちには不安があるようだ。

「ところで、次はいつ来るんだ？」

「傷薬（小）でもいいから、できるだけ沢山欲しいんだ」

「どんな錬金物でもいい」

競売に参加していた商人たちから、とにかく一日でも早くまた錬金物を持ち込んでほしいと頼まれてしまった。

「あのぅ……これはどういうことでしょうか？」

そんなに錬金物を欲しがって、いったいどういう事情なのだと、俺はマリスク商会当主にして評議長であるモリス議長に尋ねた。

「滅亡病により、この商人連合と交易をしている他国での需要増ですな」

いまだ滅亡病が治まっていない国や都市も多くあり、もしくはようやく人の移動ができるようになったばかりのところも多く、材料不足による錬金物の生産量減少、流通の停止か劇的な減少、買い占めによる在庫の枯渇と……。

海の向こう側の多くの国や都市では、お店に錬金物が並んでいないなんてところも珍しくないそうだ。

「錬金庫を持っているような店舗、金持ち、稼ぐ冒険者パーティは、錬金物を劣化させることなく保管できる。投機目的で買い占めている者たちもいて、とにかく他国に持って行けば相場以上で売れるのですよ」

世界は違えど、人間の考えることは同じか。

治療薬の材料はどこの瘴地でも手に入るけど、滅亡病のせいで行動を制限されたり、罹患して活動できない冒険者が増えれば、それはそのまま治療薬の生産量減少に直結してしまう。

さらに物流も制限されたとなると、完全な品不足なのであろう。

食料などもそうかもしれないが、これは商人連合から水上船で運んでも利益が出にくい。

錬金物が最優先というわけだ。

「ああ、その話なら、モリス殿と相談があるのだ」

ロイエンタール辺境伯は、モリス議長に人がいない場所での相談を提案した。

多分、来月に就航する二十四隻の新型錬金飛行船を用いての交易量増加の件であろう。

それだけの船を動かすとなると、事前に相談が必要だからな。

この発掘錬金飛行船とそれを基にした新型錬金飛行船は、平底で地面が平らなら着陸できるので、面倒な港を造る必要はない。

町の郊外に簡素な着陸場を造るか、商品の運搬を便利にするために町中に着陸場を造ってしまうのか。

そこをこの国の権力者と相談しなければ、船の増便は不可能なのだから。

「わかりました。執務室でお話をしましょう」

ロイエンタール辺境伯とモリス議長は、二人きりで船の増便について相談をし、三十分ほどで話し合いは終わったようだ。

「ロイエンタール辺境伯、どうでした？」

「オイゲン君のおかげで順調に話は進んだよ。これからは、もっと錬金飛行船を飛ばして交易を増やすことになった。クリーク山脈はやはり大きな壁でね。君のおかげで助かったよ」

「それはよかったですね」

商人連合を通じて、他国から輸入した貴重な素材も大量に購入できたので、俺も新型錬金飛行船の製造に協力してよかった。

沢山材料を仕入れたので、オットー工房に戻ったら色々と試作しなければ。

＊＊＊＊

「……モリス議長！　それは本当なのか？」

「事実だ。ロイエンタール辺境伯家の新型錬金飛行船は、来月二十四隻が就航する。半数は、今日やって来た船の倍の大きさだそうだ。着陸場のことを頼まれた」

「アレを二十五隻も運用するのか？　よく金が保つな」

「新型で手間がかからないと言っていた。きっとブルネン王国のお飾りよりも圧倒的に性能に優れているのだ。古の発掘品の改良版だと言うからな」

「他国や大貴族が見栄で運用している錬金飛行船はあんなに全体が黒くないし、見た感じ船体は一体化しているように思えた。新素材なのであろう」

「ワシが前に聞いた話だと、あの黒い素材は古の錬金飛行船ではよく使われていたと聞く。とても頑丈で軽い素材だそうだ。ロイエンタール辺境伯は『黒材』と呼んでいたが、軽量化で燃費が大幅に改善したようだな」

「それが二十五隻か……」

「交易が増えていいではないか」

「商人としての我らは大歓迎だが、為政者としての我らには憂慮すべき問題だな。その気になれば、その船団に乗せた戦力でこの商人連合はすぐに占領されてしまうのだから」

「すべては、ロイエンタール辺境伯殿の思うがままか……」


困ったことになった。

北方クリーク山脈の向こうにあるロイエンタール辺境伯領と錬金飛行船を用いた交易ができるのはいいが、その船の種類と数が問題だ。

我ら商人連合は、他国とは海やクリーク山脈を隔てているからこそ、中継交易都市として栄えてきたし独立性も保てた。

だが来月になれば、我らはロイエンタール辺境伯家からの侵略を防げなくなってしまうのだ。

敵に攻められにくいからという理由で、うちの軍備は本当に最低限のものしかないのだから。

「しかし、必ず攻められるという根拠もないぞ」

「万が一を考えるのが為政者なのだ！」

商人である我らは考えなくてもいいが、為政者である我らは万が一も考えないといけない。

だが、そんな急に軍備を増やすことは不可能であろう。

そうでなくても、滅亡病流行の余波で予算も厳しいのだから。

「あの黒い錬金飛行船が上空に現れた時、住民たちの中にはかなり動揺した者もいると聞く」

まだ陸上の戦力なら傭兵を増やすことで対抗できるのだが、空からの敵だと手が出せないのだ。

「我らも、錬金飛行船を揃えるべきかな？」

「そんなことをしても無駄だし、すぐには無理だ」

まず、錬金飛行船などそう簡単に手に入らない。

金を積めばすぐに手に入る代物ではないのだ。

「この町の錬金術師で作れる者はいないのか？」

「いないだろうな」

もしいても、必要な素材がそう簡単に手に入らないのは確かだ。

「もし錬金飛行船をどうにか入手したとしよう。船を動かす船員はどうする？」

空を飛ぶ船なのだ。

ちゃんと訓練した船員を使わなければ、水上船よりも事故を起こす可能性が高い。

水上船は遭難しても海を漂うので生き残る可能性が高いが、錬金飛行船は墜落してしまえば確実に死んでしまうのだから。

「ロイエンタール辺境伯家は、船員をよく揃えられたな」

「それは、ブルネン王国軍に人を出していたからだと思う」

あそこは、船員の養成をしていたからな。

ロイエンタール辺境伯家は、事前にこうなると予想して人を揃えていたのであろう。

遠い先を見る慧眼……商人はどうしても目先の利に走りがちなので、彼女のようにはいかなかった。

「今はできる限り軍備を整えるしかないのでは？」

「それもあまり期待できないな」

「左様、なにより不景気による税収の低下が著しい」

滅亡病さえ流行していなければ……と言いたくなるほど、商人連合の財政状態はよくなかった。

それに今から軍備を整えても、半月後に二十五隻の大船団がロイエンタール辺境伯家に配備されてしまえば我らに勝ち目はない。

「戦になれば、あとはもう降伏するしかないであろうな」

「どうしてこうなったのだ？」

「新型錬金飛行船の量産なんて……」

「ロイエンタール辺境伯家は、優れた錬金術師を抱えているのかもしれない……いや、抱えているのだ、実際に」

その優秀な錬金術師……もしかして、今日ロイエンタール辺境伯殿と一緒にいた若い錬金術師か？

初めて船を出す時に商品を積んでもらえるのだから、彼は相当優秀な錬金術師のはずだ。

ロイエンタール辺境伯殿はそんな優秀な彼を気に入っているから傍に置いているのだろう。

「なあ、もう臣従してしまわないか？　戦になる前に潔く臣従してしまえば、大分条件もいいと思う。それに、この国がクリーク山脈で隔てられているのは確かなのだ。下手に悪政を敷けば、反乱を起こされてしまうが、鎮圧にはコストがかかる。そう脅して、我らが不利益を被らないようにするのだ。ロイエンタール辺境伯家とて、ちゃんと利益が出るこの国が欲しいはず。無理はすまい」

「うん？　ロイエンタール辺境伯家に臣従するのか？　ブルネン王国ではなく？」

「ブルネン王国に臣従などしてみろ。アホな貴族や王族が代官としてやって来るかもしれないぞ。ダスオンとシッタルが酷いあり様なのは知っているだろうが！」

あそこは都督がマリアンヌ王女になった途端、一気に衰退してしまった。

それに、ブルネン王国は我ら商人を見下し、商人の分際で国を統治している我らを嫌っている。

彼らに臣従などしたら、この国はえらいことになってしまう。

「だから、ロイエンタール辺境伯家に臣従かぁ……」

旧クリーク王国領を領地として得たロイエンタール辺境伯家だが、さすがにブルネン王国には国力では勝てない。

臣従しても無茶を言ってこないはずで、その提案は聞く価値があるな。

議員たちも、いい手だと……実は、商会の主と為政者を兼任するのは辛いのだ。

すべての統治から解放とまでは言わないが、負担が減ってほしいと、議員たち全員が思っているのは事実であった。

滅亡病への対応もあって、余計みんな疲れていたのだ。

「モリス議長、密かに打診してみてくれないかな？」

「わかった。やってみよう」

私も評議長の仕事に疲れていたのも事実。

ロイエンタール辺境伯家に降伏すればそう悪いことにならないはずだと願い、密かに臣従を打診してみることにしよう。

＊＊＊＊

「受け入れるしかないのはわかっていますけど。問題はその方法なのですよ」

「ルアン、もうそろそろ自分で決めたまえ。私の当主引退の時は刻々と近づいているのだから」

「あの……姉上……」


ただ驚くしかない。

無事就航した新型錬金飛行船の飛行試験も兼ねて、商人連合に錬金物を売ってきた姉上とオイゲンさんだったが、その直後、商人連合のモリス議長からロイエンタール辺境伯家に臣従したいと密かに打診されてしまった。

別にうちが兵を出して脅したわけでもなく、ただ錬金飛行船で交易しただけ……そうか……。

来月には錬金飛行船が二十五隻になるからなぁ……。

それが軍事的圧力になってしまったのか。

彼らがブルネン王国に臣従するわけがないので、うちで受け入れるしかない。

とはいえ、ロイエンタール辺境伯領には仕事が山ほどある。

まずは秘密交渉で臣従させて、防衛をうちで担う……錬金飛行船を増やすか……。

船員たちは、訓練しながら警備をやらせよう。

これもオイゲンさんが、簡単に黒材の再現に成功してしまったからで、姉上が彼に執心なのもわかるというものだ。

「ルアン、よかったな。いい義兄で」

「……はい……」

ロイエンタール辺境伯家には大変都合がいいのだけど、問題はブルネン王国だな。

間違いなく錬金飛行船団で警戒されるだろうから、状況が落ち着くまで商人連合が臣従したことを秘密にするしかない。

とはいえ、すぐにバレるだろうが。

「問題は一つだけだ。王都に巣食う残念な彼らをどうするかだ。とはいえ、今のところは危険は少ない」

ダスオンとシッタル……姉上とオイゲンさんが苦労して発展させたのに、今はマリアンヌ王女がかなりのスピードで衰退させていた。

今の両都市なら、うちを攻める兵力など出せないか。

彼女の悪政のせいで、住民の多くがロイエンタール辺境伯領に逃げ込んでしまったのだから。

「王都からロイエンタール辺境伯領は遠い。いまだ滅亡病の予防・治療薬を全土に回せていないのだ。出兵など不可能だよ。第一、我らはブルネン王国のために仮想敵国の一つである商人連合を降（くだ）したのだ。我らロイエンタール辺境伯家はブルネン王国の忠臣であり、攻められる理由などないなぁ」

姉上もよく言う。

確かに、姉上の言うとおりではあるのだが。

「商人連合の件はなるべく秘密にして、なるべく早く取り込みましょう。ロイエンタール辺境伯領の開発も急ぎ、問題は内海ですね」

　シッタルにはそれなりの数の水上船があり、兵力を乗せて攻められると厳しい。

　うちも港町エルクに水軍を用意しなければならないが、ブルネン王国軍並みの隻数は不可能だ。

　さて、どうしたものか……。

「その件は、私に任せてくれ」

「またオイゲンさんですか？」

「そうだね。彼ならなんとかしてくれるさ」

「確かにそうですけど……」

　それにしても、あの人はよく姉上の厳しい要求にすべて応えられるものだ。

　だからこそ、姉上のお気に入りなんだろうけど……。

「他の件はルアンに任せるよ。私は、オイゲン君に嫁ぐ準備があるからね」

　その情報はオイゲンさんに先に教えてあげればいいと思うのだけど、姉上も意外と恥ずかしがり屋の面があるから、面と向かっては言えないのかもしれない。

　弟としても姉上には苦労をかけたから、人並みの幸せを手に入れてほしいものではあるのだけど。

＊＊＊＊

「水上船ですか？　大丈夫だと思います」

「船体は黒材で、あとは、船を動かす動力が問題かな」

「一応、案はありますけど」

「さすがだね」

「伊達に十年、ザブルク工房で修行していませんから」

錬金飛行船の次は、内海で運用する船の設計と製造を頼まれた。

錬金飛行船のように黒材製で、魔力で動くのが理想だそうだ。

さすがに飛行魔法陣は使えないので、スクリューを回す魔法が発動する魔法陣と、スクリューを切るスイッチのようなものも必要だな。

実は、ザブルク工房時代に模型で試作はしていたので、あとはそれを大きくすればいいだけの問題だけど。

「船体の素材は黒材なので、錬金飛行船の船体の枠を作った工房に依頼するとして……」

スクリューも簡単な設計図があるから、これも依頼しないと駄目だな。

そして、スクリューを回す魔法陣『回転魔法陣』をメルルに作ってもらおう。

「軸がついたスクリューとやらを回転させるための魔法陣だね。それならそんなに難しくないよ。でも、魔力が尽きるまでずっと回転し続けてしまうから効率が悪いんだよね」

「それについては手を考えているんだ」

錬金飛行船の船内は広いので、飛行魔法陣の作用を停止する魔法陣を設置することが容易だ。

ところが水上船は、それも内海の水軍で運用する船はそんなに大きくない方がいい。

となると、錬金術を用いて作られたスイッチで、動力のオン、オフを切り替えられた方がいいわけだ。

「もう一つ。『錬金魔池』というものを考案している」

「れんきんまち？　随分と変わった名前だね。どんなものなの？」

「魔力を閉じ込める箱さ」

電池みたいなものだ。

錬金飛行船に搭載されている飛行魔法陣(マジカルフライサークル)は、筒の中に籠められた魔力を蓄える性能もあるので、魔法陣自体が電池のような役割も兼任している。

だが、回転魔法陣(マジカルスピンサークル)に関してはその機能を取った方が早く開発できるはずだ。

魔力は錬金魔池から取り出し、スイッチで回転魔法陣(マジカルスピンサークル)に魔力を送り込むのと停止するのと、二つの動作ができるようにして効率化する。

「魔力を閉じ込められて、自由に取り出せるんだ。凄いね」

「試作品は昔からあったんだ」

ザブルク工房時代に試作していたからだ。

ただ試作品の錬金魔池は魔力の漏れが酷く、過熱しやすいのが問題だった。

それを解決したのは、黒材の存在だ。

黒材とモンスターの魔石を加工した『魔結晶』を板状にサンドイッチしたものを黒材の箱で包む。

そして銀糸を介して板で挟んだ回転魔法陣(マジカルスピンサークル)と繋ぎ、その間にスイッチを挟めば、船の機関部は完成だ。

舵とか、帆とか、その辺は錬金飛行船の製造で協力した職人や工房に依頼して……一週間もあれば試作品は完成するだろう。

「俺は絵心がないけど、こんな風になる予定だ」

「この船も黒いんですね。帆が白いので格好いいです」

「錬金飛行船の技術を応用できるから、早くできあがるのかぁ……でも旦那、黒材って水に浮くのか？」

「浮くよ」

浮力があれば金属の船でも浮くし、黒材は金属よりも軽い。

むしろ、船体にはいい素材なのだ。

「まずは船体からだな」

水上船は五十メートル級の旗艦が予備を含めて二隻。

他は中型の二十メートル級と、小型の十メートル級を配備する。

船員は、エルクの船乗りや漁師たちと、シッタルがあの様なので逃げ出してきた船員たちを雇って解決するそうだ。

船を動かす人集めが泥縄なのは仕方がなく、いくら錬金術でも船員は作れないのだから。

ゴーレムのスピードと能力だと、咄嗟の反応が悪いので人の命がかかっている船の操作には向いていないのだ。

「意図せずだけど、漆黒の艦隊になりそうだ」

「いい船だね。ところでオイゲン君。男性は、黒いと格好いいと思うものなのかな？」

「そう思う人は多いと思いますよ」

またタイミングよくロイエンタール辺境伯が姿を見せたけど、なんか慣れてきたな。

「そのうち帆も黒くしようかな。ルアンに任せるけど、格好いいと思ってやる気を出すかもしれないからね」

「そんな理由で黒なんですか？」

「ルアンも男の子だからね」

一週間後、港町エルクの港に合計二十二隻に及ぶ漆黒の水上艦隊が浮かんでいた。

錬金飛行船の技術を用いた、黒材製の『黒い艦隊』は、この世界でも厨二病(ちゅうにびょう)的な人々を魅了するかもしれないな。

「船の増産は可能だよね？」

「可能ですけど、動かす人がいないのでは？」

水上船だって、ちゃんとした船員がいるに越したことはない。

今の隻数でもかなり人員的には無理をしており、訓練しながら……漁師たちが多いので、漁も訓練に入るそうだ……運用する予定なのだから。

もっとも、今のところは内海に海賊も敵軍もいないので、それでも問題はないのだけど。

「実は商人連合の方からも頼まれているのさ。『あの黒い素材の水上船はないのか』ってね」

「大丈夫ですか？　売ってしまって」

俺は客が増えるからいいけど、ロイエンタール辺境伯家的にはどうなのかと思ってしまう。

まだ他国や貴族、都市に黒材製の船を渡さない方がいいような気がするのだ。

「つまり『商人連合がロイエンタール辺境伯領に併合されてしまえば問題ないのであろう？』という口ぶりでね。大型水上船がすべて新型船になれば、運べる荷の量も、速度も桁違いだからね。燃費もそう悪くないのだから」

確かに木造の帆船だと、他国との交易では往復に時間がかかるはずだ。

「それとですね。あの器具が欲しいんですよ」

「えっ？　モリス議長？」

「今日は、マリスク商会の当主として来ている。あの『錬金クレーン』だよ」

新造船にも、水軍の本拠地となったエルクの港にも、錬金術を応用したクレーンが設置されていた。

これまでは人間が重たい荷を運んでいたのだけど、船が大型化すればするほど、人間だけでは効率が悪くなってしまう。

魔力で動くクレーンで荷の積み下ろしをした方が効率がいいわけだ。

「ですが、商人連合では難しいのでは？　失業者を増やしますよ」

クレーンが普及したら、荷を運ぶ人たちの仕事が減ってしまう。

全員ではないが、失業してしまう人が増えてしまうのだ。

いわゆる技術的失業ってやつで、これは地球でもよくあったことだ。

たとえ便利でも、多くの人たちの職を奪えば、最悪失業者たちがクレーンなどを破壊してしまうかもしれない。

これも、産業革命期のイギリスで実際にあった事案であった。

「どうせ荷の減少で、彼らの半分が失業中なのだ。今のうちに配置転換してしまう」

モリス議長は、商人連合のロイエンタール辺境伯領併合を急ぎ、共同でロイエンタール辺境伯家が経営する船会社を作りたいそうだ。

「空中船と水上船を同時に運用し、着陸場や港湾の管理も業務に入れてしまう。諸侯軍の空軍と水軍とは船員をその時々で融通(ゆうずう)し合えばいいのだ。どうせ訓練は一緒にやるから同じであろう」

ロイエンタール辺境伯家が経営する公的な船会社というわけか。

そして、諸侯軍の下位組織にしてしまって、有事には船員を融通し合えるようにしてしまう。

俺もいいアイデアだと思う。

「荷運びたちは、クレーンの操作オペレーター、港湾の管理員、船員に職業訓練を施して転職させてしまう。当然補助金は出すが、予算にも限りがあるのでな」

もう船を動かしながら、交易をして稼げというわけか。

「我ら商会は正当な船賃を払う。価格をちゃんと公表して、小規模な商会や個人が利用しても同じ価格にすればいいのだ」

「いいと思います」

大商会の主なので、自分たちだけエコヒイキするのかと思ったら、それはないようだ。

モリス議長は政治家でもあるので、一部のみが特権にあずかると結局腐敗して腐り落ち、長い目で見ると損をすることを理解しているのであろう。

「商人連合。王族でも貴族でもなく、商人が高度な自治を行う。夢と理想で始まった国。名前もズバリ商人連合にして百五十年近く頑張ってきたが、やはりこういう時には弱いものだ」

滅亡病のせいで、破産、廃業する商会、商人は世界中で増えていた。

どんな大商会でも生き残りに必死なのに、それに加えて商人連合の議員として統治もしなければならず、モリス議長は疲れたのだろう。

「いまだこの世界は滅亡病のせいで大きく混乱しています。商人連合に住む人々の生活が守られるのであれば、ここは柔軟にロイエンタール辺境伯領に併合される道を選ぶことも大切でしょう。独立を保つために貧困に陥れば意味がないのですから」

「モリス議長の気持ちはよく理解できる。うちは今のところは、少なくともブルネン王国よりはマシだと思う。商人連合を併合した前提での統治体制の強化を進めよう。もっとも、しばらくはモリス議長も忙しいと思うが……」

「それは仕方がありません。早く船会社が発足して、マリスク商会が落ち着いてくれれば……」

「というわけなので、船の追加を頼むよ。オイゲン君」

「仕事なので、作れる限りは作りますけどね」

「素材なら、我らに声をかけてくれればできる限り融通させてもらうよ。君のような優秀な錬金術師がいてくれて助かったよ」

今思ったのだけど、どうして俺はこの場所にいるのだろう？

ロイエンタール辺境伯領のトップと、商人連合のトップが大切な話をしている場に。

とにかく場違い感が凄いのだ。

「オイゲン君、すでに君は我がロイエンタール辺境伯家にとって重要な人物なのだ。これからも頼むよ」

「我ら商人連合の方も頼む。我らの未来は、君の錬金術にかかっているんだ」

「……」

これはきっと悪い夢だな。

仕事もあるから、早く屋敷に戻って作業に戻らなければ。

＊＊＊＊

「……つまり、ロイエンタール辺境伯家は、商人連合を実質併合してしまったのだな」

「そういうことになります」

「王国で取り上げるべきだ！」

「それで、陛下の弟であるあなたが代官としてでも赴任しますか？　なにも労せず楽に実入りのいい役職に就く。いや、商人連合は富裕で有名だ。そこで力を蓄え、ブルネン王国に対し反乱を起こすつもりでしょうか？」

「貴様！　この私が兄上に逆らうだと！　お前こそ、いつも王国の方針にケチをつけて！　侯爵という爵位に相応しい貢献をしてみるがいい」

「あなたよりはマシですよ」

「まあまあ、双方これ以上は……で、商人連合の扱いはどうなりますか？」

「古からの王国法により、旧クリーク辺境伯領、現在ロイエンタール辺境伯領は、ブルネン王国を狙うドーラ王国、アイワット大公国、商人連合への備えと、有事の際に敵国領の切り取り自由の権利が付随しております。クリーク辺境伯家がクリーク王国を名乗り、反乱して以降も法の変更はなされておらず、つまりロイエンタール辺境伯家による商人連合併合は合法ということになります」

「そんな昔の法など無効だ！」

「それでしたら、クリーク辺境伯家が反抗した時点で法を変えていればよかったのです。変えていないということは、いつか別の家があの地で辺境伯に任じられる予定だった。そしてロイエンタール辺境伯家は法の範囲内で動いた。ここで商人連合を取り上げでもしたら、またクリーク辺境伯領の二の舞ですな」

「確かに、現時点でロイエンタール辺境伯家はブルネン王家に反旗を翻したわけではない。商人連合の取り上げは不可能だ。マリアンヌもそう思うだろう？」

　父上が、この国の王女たる私にも意見を求めてきた。

貴族たちは隙あらば争い、自分の利益のために戦争を目論むけど、みんなが滅亡病で大変なのに戦争なんて駄目。

この私、マリアンヌ・ジャクリーヌ・ブルネンが必ず止めなければ。

「ロイエンタール辺境伯家の場合、それよりももっと問題があります」

「問題とは？」

「新しい錬金飛行船と水上船を多数生産し、それを運用して大規模に交易を始めました。船員を訓練しながらなのでなし崩し的ですが、滅亡病で交易が停止した村、町、都市、貴族領、他国に次々と錬金飛行船で荷を運び、売りさばいて荒稼ぎしているとか。このまま操作に慣れた船員が増えていけば、さらに船は増えるでしょう」

「いったい、ロイエンタール辺境伯家は何隻の船を運用しているのだ？」

「新型で漆黒の錬金飛行船を推定で三十隻近く。内海の水軍と、他国との交易用の水上船、さらに外海用の水軍も編成中と聞く。これも計画中のものを合わせて五十隻以上はあるはずだ」

「こんな短期間でどうやって？」

「錬金飛行船には運用コストの問題がある。その隻数はおかしいだろう」

「噂では、彼女が抱えている優れた錬金術師が、運用コストが低く、性能も既存のものを上回る黒い錬金飛行船を開発したとか。水上船もその技術を用いていると聞いた」

「そんな錬金術師が本当にいるのか？　それも王都ではなく、ロイエンタール辺境伯領に？」

「元は商業都市ダスオンにいたとか。なんでもザブルク工房の出だそうで……」

ザブルク工房……スタリオンと同じ工房の出なのですか。

「ザブルク工房？　今のダスオンとシッタルの廃れよう。ちなみに、ロイエンタール辺境伯が都督をしていた頃は栄えていたがな。今の都督は誰だったかな？」

これだから、ブルネン王家に反抗的な駄目貴族たちは……一時的な結果のみで人を批判して足を引っ張るなんて……。

「今のダスオンとシッタルが廃れた理由は、ロイエンタール辺境伯領に逃げ出した錬金術師や鍛治師、職人たちがミスをスタリオンに押しつけたせいだと聞いています」

そのあと滅亡病という不運も襲いましたが、きっとスタリオンはやってくれるはず。

だって、スタリオンが無能と判断して追い出したオイゲンという錬金術師がここまでやれたのですから。

「（そうだ！　お父様に進言しましょう）お父様」

「なんだい？　マリアンヌ」

「ロイエンタール辺境伯が抱えている優秀な錬金術師はオイゲンという名前だそうです」

「マリアンヌは詳しいのだな」

「はい。彼は素行も腕も悪く、スタリオンにザブルク工房を追い出された人物。そんな人でも、これだけの成果を出したのです。今、ザブルク工房を率いているスタリオンに大きな権限を与えて任せれば、きっとオイゲン以上の成果を出すでしょう」

「それはいいな！　よし！　そのスタリオンに任せるとしよう」

よかった……私の提案を受け入れてもらえて。

こうなったら、数ばかり揃えているロイエンタール辺境伯家の度肝を抜くべく、ここは豪華に巨大な錬金飛行船を運行させせましょう。

それを見ればロイエンタール辺境伯家も大人しくなり、無駄な争いもなくなるはず。

「巨大な錬金飛行船か……」

「はい。スタリオンなら、オイゲンが作った新型錬金飛行船以上のものを作れるはずです。その技術は、いつか世に出そうとザブルク工房の前当主ボルドーが秘かに研究していたもののはず。スタリオンならそれを生かすばかりでなく、もっと高性能なものが作れますわ」

「それほどまでに優れた錬金術師なのか。では、そのスタリオンに任せるとしよう。素材も金も、必要なだけ請求してくれ」

「父上の言葉に、スタリオンもさぞや喜ぶはずです。必ずや超巨大錬金飛行船を、この王都オーパーツの上空に浮かべてみせましょう」

これでスタリオンの実力が認められれば、私は彼の妻になれるはず。

だからスタリオン、必ずやこの計画を成功させてください。

私は信じていますから。

＊＊＊＊

「……」

「で、どうするの？」

「……」

これまで錬金術師としての技量を誤魔化し、まったく腕を上げてこなかった報い(むく)かもね。

マリアンヌ王女になにを頼まれたのかと思えば、全長一キロにも及ぶ超巨大錬金飛行船の建造とは……。

計画した奴の脳味噌を見てみたいと思ったら、まさかマリアンヌ王女自身って……。

きっと彼女は焦ったのね。

ザブルク工房を無能扱いで追い出されたオイゲンがロイエンタール辺境伯家のお抱えとなり、次々に成果を出している。

特に新型の錬金飛行船と水上船は全体が黒く、きっと新しい素材、錬金物のはず。

他にも、色々と新しい錬金術を用いて、交易にも使えるほど錬金飛行船の運用コストを下げることに成功した。

オイゲンを追い出したのは失敗……もし彼がザブルク工房に残っていたら、スタリオンなんて一生下働きだったはずだから、その選択はある意味正しかったのね。

とにかく今のスタリオンは、マリアンヌ王女からオイゲン以上の成果を求められている。

そして彼女は、スタリオンにそれができると心から信じているわ。

普段から自分でオイゲンの無能ぶりをよく口にしていたのだから、人を疑うことを知らないマリアンヌ王女がそれを信じてしまった以上、自分で責任を取らなければ。

さあスタリオン、あなたはどう出るつもりかしら？

「フランソワ、これを見ろ！　ザブルク工房の前当主ボルドーの研究ノートだ。これを見れば」

「どれどれ……無理ね……」

「どうしてだ？」

「だって、未完成だもの」

私が推測したボルドーの実力って、私よりも少し上くらいではないかしら？

ダスオンではトップクラスの凄腕でしょうけど、研究ノートも未完成品が多いわ。

それに、私がボルドーのレシピどおり作っても錬金は成功しない。

自分流にアレンジが必要で、その試行錯誤で錬金術師は多くの手間と時間を費やす。

オイゲンは、ボルドーに弟子入りして十年間で彼を遥かに陵駕する錬金術師になっていたのよ。

スタリオンはそれに気がつきつつも、自分はすぐにオイゲンを追い抜けると公言し、彼を無能扱いしている。

そうでもしないと、自分を保てないのでしょうね。

オイゲンはボルドーですら足元にも及ばない実力を持つ錬金術師で、スタリオンに彼以上の成果を出せだなんて、ゴーストが私なんだから無理に決まっているわ。

「やるんだ！　フランソワ」

「スタリオン、あなたも手伝ってくれるのでしょう？」

「僕は……素材の手当てや人手の手配など、色々と交渉や雑務がある」

「そう……」

そう言うと思ったわ。

結局錬金術自体からは逃げるのね。

どうせ今から努力しても間に合わない……無駄でしょうけど。

「大型錬金飛行船は、ある程度の時間空に浮かべばいいんだ！　王国軍の役立たずと同じだ」

あの二隻は、燃費が悪いだけで性能はそんなに悪くないけどね。

スタリオンが描いた、見ただけで頭が悪そうなのがわかる設計図には、全長一キロの錬金飛行船
……船体は錬金で誤魔化すしかないわね。

ツギハギだらけになるけど、多数の外装甲と艤装品で隠して誤魔化すしかない。

素材は……黒ければ、王都のバカな王族や貴族たちを誤魔化せるかしら？

オイゲンが再現したって噂になっている、『黒材』なんて私には作れないもの。

すぐにこんなことを思いつくなんて私も……私は昔から性格も容姿も悪い女よね。

でもこんな私が人よりもいい生活をしたければ、善人ぶってなんていられないわ。

「素材はちゃんと用意してね。それと、巨大な飛行魔法陣（マジカルフライサークル）に……板は私が錬金するわ」

「できるじゃないか、フランソワ」

保存液の錬金は止まってしまうけど、ただ短時間浮かぶだけのデカブツなら作れるわ。

整備の利便性、耐久度、性能、燃費はすべて駄目で、ただ浮かぶだけだけど。

(潮時かしら？　どうせスタリオンは超巨大錬金飛行船のお披露目（ひろめ）に私を出さない。逃げね)

私は他国に逃げ込めば、いくらでも仕事はあるわ。

スタリオン、あなたはいい男だったけどもう終わりね。

間違いなく死ぬと思うけど、決して私を恨まないでね。

これまで私の錬金術を利用して、能力以上のいい思いをしてきたのだから。

＊＊＊＊

「えっ？　スタリオン総指揮の超巨大錬金飛行船が、王都郊外で建設中？　本当に？」

「ロイエンタール辺境伯、どうしてそんなことになるんですか？」

「ハイデマリー君、たとえ王でも、王族でも、大貴族でも。必ず理性ある選択ができるわけではない。それができていれば、滅ぶ国などないからね」

「全長一キロの超巨大錬金飛行船って……そもそも浮くんでしょうか？　オイゲンさんはどう思います？」

「浮くと思うよ」

「浮くんですか？」

「浮くだけだけどね」

「そういうことですか……」

「大きさで、うちの隻数に対応するわけだ。あのマリアンヌ王女なら、これが手抜きだなんてわからないからね」

「他国やロイエンタール辺境伯家に対する脅し。存在自体が抑止力だから、完成して浮かべばいいってことでしょうか？」

「そういうことだよ、ハイデマリー君」

全長一キロの超巨大錬金飛行船かぁ……スタリオンの無駄に大きなプライドを具現化したような船だな。

それなりの腕がある錬金術師なら、浮かばせることはできるはず。

ただ素材が黒材でなければ船体が重たくなるし、飛行魔法陣板(マジカルフライサークルボード)を入れる筒の性能も悪い。

なにより重たいので、大量の魔力を用いてもそれほど長い時間稼働できないだろう。

今王国軍にある二隻以上の役立たずと化すはずだ。

「オイゲンくん、本当にあのスタリオンが作るの？」

「まさか。俺はそれなりの錬金術師なら、浮かばせるくらいはできるって言ったんだ」

治療薬（中）も怪しい、少なくともまだ並以下の錬金術師である彼には無理だ。

「また例のフランソワに任せると思う」

彼女の実力なら作れるはずだ。

「そんなもののために、素材の無駄遣いも甚だしいな。旦那もそう思うだろう？」

それも勿論だが、なにしろ全長一キロの船体なので、強度を保つため金属、合金の部分を多くしないと自重で船体がへし折れてしまう可能性が高かった。

「モアの言うとおり、完成した時点で素材が大量に無駄になるだろうね。滅亡病でまだ大変だってのに、人手だって集めなきゃいけない。技術的にも大変で、船体に使う木材は継がないといけないから接着材の性能が重要になるんだけど、それも錬金で作らないといけないし、強力な接着剤ほど重くなるんだ。沢山使うと船体が重くなるからなぁ……」

「そのガラクタを作るのに使う物資と人手、困ってる人に回せばいいのに。まだ錬金物が届かないで困っている人も多いってのにさ」

「俺もそう思う」

そうでなくても滅亡病対策で地方を置き去りにしているのに、よくこんな無駄遣いを思いつく。

きっとこの国の王様と王族は、本物のバカ揃いなんだろう。

「マリアンヌ王女の案らしい。陛下はマリアンヌ王女を可愛がっていてね。彼女は純真だから」

純真なのはいいが、見事にそれを周囲の連中に利用されているから性質が悪い。

「その船って、どのくらいでできるものなのかな？」

「さすがに一ヵ月はかかるはず。でも……」

「でも？」

「王都の錬金術師たちを動員すれば、完成は早まるはずです」

それをすると、高級品や嗜好品の供給で貴族たちの反発が大きくなるから、割を食うのは地方へと送る予防・治療薬になるはずで……やっぱりこの国の王様は駄目だよなぁ……。

「オイゲン君、情報をありがとう。我々は計画どおりに仕事をしつつ、王都郊外の超巨大錬金飛行船に注目すればいいわけだ」

俺がそんな説明をしてしまったからではないと思うけど、超巨大錬金飛行船は、わずか十日ほどで完成してしまった。

マリアンヌ王女可愛さで、王様が王都の錬金術師たちを多数動員したからだ。

スタリオンは総監督として腕を振るった……間違いなくなにもしないで見ていただけだろうけど。

彼の腕前だと、船体の補強に使う合金の錬金と成型なんて不可能だからだ。

「手伝った錬金術師たちが、頭を抱える出来らしいけどね。むしろ浮かび上がらない方が幸せかもしれない」

ロイエンタール辺境伯によると、一応形にはなったのか。

俺も彼女と同じ意見だけど、もし浮かび上がらなかったらスタリオンは打ち首じゃないかな？

「あっそうそう。船が巨大すぎて、飛行魔法陣板が入った筒に蓄えられる魔力だけでは飛行できず、スタリオンは新しい錬金魔池を製造して機関部に設置したらしい」

「あいつが錬金魔池を？　無理だと思うけどなぁ」

まず無理……ザブルク工房に残っていた師匠の研究ノートから……フランソワだろうな。

彼女なら、師匠の残した研究ノートの記述を参考に錬金魔池を錬金できたかもしれない。

「……」

「オイゲン君、どうかしたのかな？」

「人間は、乗らない方が幸せだと思いますけどね」

「お披露目では陛下を始め、多くの王族や貴族たちも乗り込むそうだ。私は呼ばれなかったが……その方が幸せなようだね」

「爆発……墜落の危険がかなり……」

師匠の研究ノートだけど、アレを基に錬金魔池を作らない方がいい。

俺はすぐに気がついて、他の方法に切り替えたから大惨事に至っていないが、かなりの確率で爆発してしまう可能性が高い代物なのだ。

そしてフランソワでは黒材は錬金できず、従来の合金と、接着力は強いけど重たい接着剤を用いた、とても重たく、巨大な錬金飛行船ができあがるはず。

「止めた方がいいのでは？」

「それが、私が言っても駄目なんだ。超巨大錬金飛行船は、我らロイエンタール辺境伯家への脅しとしても建造されているからね」

短期間で一気に領地を広げてしまったデメリットであろう。

ロイエンタール辺境伯家は王家に警戒される大貴族になってしまい、そんなロイエンタール辺境伯家への威圧として、その巨大錬金飛行船は建造されてしまったのだから。

「性質の悪い冗談みたいですね」

「ハイデマリー君、不思議だろう？　どういうわけか、いい生まれで、ちゃんと教育を受けたはずのブルネン王国の人たちが、こんなバカなことをするのだから」

「錬金術に詳しくないからかな？」

「メルル、王族や貴族たちはそうでも、王都には優れた錬金術師が沢山いるんだぜ。さすがに誰か止めると思うぜ」

「いやモア君、絶対に止めない、止められないのさ。オイゲン君もそう思うだろう？」

「そうですねぇ……」

どんな国でも会社でも、トップがおかしなことをしていることに気がつく下の人たちはいるけど、それが指摘できるのかといえば相当怪しい。

下手に上に進言すると逆に罰せられてしまう可能性があり、利口な人ほど『沈黙は金なり』を実行して静かにしている。

だからどんなに巨大な国でも組織でも、潰れる時には潰れるものなのだけど。

「もしもに備えないと駄目だね……また忙しくなる」

ただ超巨大錬金飛行船の試験飛行が失敗するだけとは、ロイエンタール辺境伯も思っていないわけか……。

まったく、スタリオンの奴は周囲に不幸しか招かないのだな。

だが、さすがに次でもうお終い(しま)だろう。

完全に自業自得だが、これまでよく顔のよさだけでやってこれたものだ。

＊＊＊＊

「フランソワ、どうだい？」

「まあ順調なんじゃないの」

ダスオンの工房では作業できないので、王都郊外に設置された臨時の作業場に引っ越し、私とスタリオンは共に作業を指揮……スタリオンは偉そうに命令しているだけだけど、あまり意味はないわね。

どうせ難しい錬金なんてできないだろうし、スタリオンが錬金した低品質の素材が混じると、こんなに巨大で重たい船は動かなくなる。

自重で崩壊する確率が上がるから、偉そうにしているだけで錬金はしない方が正解よ。

もっとも、ここにはもう一人バカがいるから、彼との言い争いで忙しいのだろうけど。

「平民、マリアンヌ王女に気に入られているからといって調子に乗るなよ」

「作業をしたらどうだい？　アルバート殿。もしできたらだけどね」

「お前こそな！」

マリアンヌ王女の進言を受け、陛下がこの超巨大錬金飛行船の建造を決めたのは、実はいまだ対立が続く王都の貴族たちに対して優位に立つためだった。

当然、貴族たちもこの計画に加わって主導権を奪い取ろうとしており、その尖兵（せんぺい）がアルバート殿と言う若い男性錬金術師というわけ。

彼はとある大貴族家の遠戚だって聞いたけど、錬金術師としての腕はスタリオンとそんなに変わらない。

でも彼は大貴族の遠戚だからという理由で、錬金術師たちの中では偉い方だったりした。

錬金術師の偉いというのは定義が難しいのだけど、彼に逆らうと大貴族が出てきて面倒なのと、優秀な錬金術師ほど忙しいので、彼をお飾りで置いても特に不都合はないと思われているみたいね。

そんな彼は近親憎悪的なものを感じるのか、スタリオンに対し辛辣だった。

完全に敵対していると言ってもいいわ。

家柄がいいアルバート殿からすれば、顔だけでマリアンヌ王女のお気に入りになったスタリオンは唾棄すべき存在ってわけ。

そんな対立が発生しているから、他の錬金術師たちは遠くから二人の対立を見守るか、必要な錬金だけして逃げるように現場から立ち去ってしまうことが多い。

私はその成果である合板や補強材を、錬金した接着剤で繋ぎ合わせて大きな船を作っているわけだ。

「お前が指揮をして作る船なんて浮くのか？」

アルバート殿の懸念はわからないでもないけど、計算上は浮くことになっている。

浮かび上がるスピード、稼働時間、機動力などは考慮しないでだけど。

元から超巨大錬金飛行船の建造自体が無謀だから、一回でもちゃんと浮けば御の字というわけ。

ちゃんと浮かべば……ロイエンタール辺境伯家や他国への牽制になるものなのかしら？

私は政治や軍事に詳しくないから、よくわからないのだけど。

「あっ、そうそう」

「なんだい？　アルバート殿」

「試験飛行の当日だが、陛下は勿論、多くの高貴な者たちも搭乗なされる船だ。汚い平民はご遠慮いただこう」

「僕は、マリアンヌ王女様の命令で船に乗り込む予定だが……」

「条件が変わったのだ。僕が船に乗り込むことになってね。なぜかって？　それは私の方が優秀な錬金術師で、さらにどこかのスタリオンみたいに生まれが卑(いや)しい平民ではないからさ」

「ぐっ……」

「悔しいかい？　でもね。そういう風に決まったのだから仕方がない。せいぜい建造作業を頑張ってくれたまえ。この船が浮かび上がらないなんてことがないよう、是非に頼むよ。無能な君に言っても無駄かな？」

　この超巨大錬金飛行船のお披露目では、スタリオンが乗り込んで並み居る貴族や王族たちに解説をしたり、もしもの時の対応に当たることになっていたけど、家柄のよさを利用したアルバート殿が上手く美味しい役割を奪い取ることに成功したのね。

　そして、それを聞いたスタリオンの悔しそうな顔といったら。

　アルバート殿はしたり顔だけど、よかったじゃない。

　こんな船に乗り込まずに済んで。

　どうせ短時間、セレモニーで浮かび上がるだけのショボイ性能の船だし、もしなにかあっても対応できないで醜態(しゅうたい)を晒(さら)すだけだなんだから。

　船が短時間しか浮かばないのは、主に技術的な理由からね。

　スタリオンが所持していたボルドーの研究ノートを参考に、巨大な錬金魔池を試作したけど、危なっかしくて長時間動かすなんてできないのよ。

　爆発の危険があって、もし錬金魔池が異常過熱しても、スタリオンが船に乗り込んでいたところでなにもできないのだから。

　もし上空に浮かんだ船に搭載された錬金魔池が爆発したら、まず誰も生き残れない。

　飛行系の魔法が使えるのなら、上手くすれば脱出できるのかしらね？

「スタリオン、君は地上で見ているがいいさ。地べたに這(は)いつくばるなんて、平民である君らしいじゃないか」

「……」

「返事がないけど、ちゃんと理解してくれたのかな？　じゃあ私はこれで」

勝ち誇った表情を浮かべながら、アルバート殿は私たちの前から去っていった。

さっき、ちゃんと船が浮かぶのか心配などと言っておきながら、お披露目ではスタリオンを排除して船に乗り込むのだから、アルバート殿もいい性格をしていると思う。

「マリアンヌ王女に言ってみたら？」

「そうするに決まっている！　作業を頼むぞ！」

ご機嫌斜めなスタリオンは現場監督の仕事を放棄して……どうせなにもしていないけど……マリアンヌ王女に苦情を言いに行ってしまう。

私はすぐに作業に戻ったけど、それから数時間後にスタリオンは現場に戻ってきた。

「どうだったの？」

「駄目だ！　マリアンヌ王女でもどうにもならないそうだ」

スタリオンによると、突然完成した船に乗り込む錬金術師がアルバート殿に変更になったのは、大貴族たちからの押しに、王様が負けてしまったから。

マリアンヌ王女とスタリオンが始めた超巨大錬金飛行船建造の功績を、大貴族たちが奪い取ることに成功したわけね。

本当、この国ってどうしようもないわね。

それは、ロイエンタール辺境伯の人気が高いわけよ。

「マリアンヌ王女は、抗議の意味を籠めて来週のお披露目では船に乗らない。僕たちとここでその様子を見ているそうだ」

「そう……」

マリアンヌ王女がねぇ……無駄に緊張するから船に乗ってくれたらいいのに……。

あのアルバート殿が、お披露目の際にちゃんと偉い人たちに説明できるのかとか、技術的なアクシデントに対応できるのかとか、もうどうでもよくなってきたわ。

一応、マニュアルを作るように言われたけど……ちゃんと守るのかしら？


「はあ……疲れたわね」

そして翌週。

無事に超巨大飛行船は形になった。

とてつもなく重たいとか、巨大な飛行魔法陣板（マジカルフライサークルボード）はともかく、錬金魔池の信頼性に問題があって異常過熱、爆発の危険があるとか、三十分動かせるかどうかも怪しいとか。

色々と問題はあるけど、私はオイゲンではないわ。

できる限り努力して巨大な錬金飛行船を建造できたので、これで十分でしょう。

「もうすぐか……」

「あれ？　マリアンヌ王女は？」

「陛下に説得されて船に乗り込んだよ」

「ふうん」

突然の仕打ちに怒っても、やっぱり生まれがいいから、家族から翻意を促されると弱いのね。

私はマリアンヌ王女がここに来なくて、心からよかったと思っているけど。

「それはいいけど、アルバート殿はちゃんとマニュアルを見たのかしら？」

「さあ？」

「さあって……」

「あいつはバカで、字が読めるかどうかも怪しいからな」

いくらなんでも大貴族の遠戚で錬金術師でもあるから、字が読めないってことはないはず。

スタリオン流の嫌味なんでしょうね。

「ついに船が浮かび上がるわね」

そんな話をしている間に、完成した超巨大飛行船は上空へと浮かび上がっていく。

その速度は船自体が重たいものだとしても、とてもゆっくりであった。

「フランソワ。浮かび上がる速度が遅くないか？」

「当たり前でしょう。あんな重たい船」

私は、オイゲンみたいに黒材なんて作れないもの。

基本的に速く浮かび上がれる軽い船は耐久性が低くなり、最悪自重で破損するかもしれない。

そんな要求を受け入れるわけにいかないし、たったこれだけの期間で、ちゃんと浮かび上がれる超巨大錬金飛行船を作れた私を褒めてほしいくらいよ。

スタリオンは決して認めないだろうけど、オイゲンは天才錬金術師であることは確実ね。

少なくとも現時点でのスタリオンでは、オイゲンの足元にも及ばないでしょう。

「それにしても、のん気なものよね……」

超巨大錬金飛行船に乗り込んだ王様以下の王族と、大貴族とその家族たちは船内でパーティーを開いていると聞いた。

もし船が落ちたらとか思わないのかしら？

落ちないとは思うけど……安全係数はオイゲンの作品よりも低いのは確実ね。

「特級錬金術師のミスト、彼が検査をして太鼓判を押したんだよ。彼が安全だって断言するんだ。疑う人はいないさ」

ミストはブルネン王国に一人だけの特級錬金術師で、彼の功績は大きく、それを疑う余地はないということね。

私も意外とやるみたい。

でも……。

「飛行時間は十分を超えてほしくないわね」

のん気な船内パーティーは、無事に試験飛行を終えてから続けてほしいものだわ。

空の上でパーティーを続けたいなんてことは、試作品である錬金魔池の性能と、魔力消費量の関係で絶対にやめてほしい。

アルバート殿がそれを守ってくれればいいけど……と思ったら、なんと船は王都上空へと移動を始めてしまった。

少しの間浮かべるだけって約束なのに！

「スタリオン！　止めないと！」

魔力量の問題もあるけど、もし錬金魔池が爆発でもしたら……。

私はスタリオンに対し、今すぐお披露目の飛行試験を中止するように強く言った。

「無理だ。間違いなくアルバートのアホが、貴族たちの要求を安請け合いしたんだろうな」

スタリオンなら、その手の無茶も顔のよさと口先で拒否できたはずだけど……。

アルバート殿は貴族の親戚ゆえにそれを断れず、さらに言えば錬金術師としての実力はスタリオンといい勝負だ。

私の忠告が、どうしてなのか理解できていないのかも。

スタリオンは経験則で、錬金術に関することなら私の言うことを聞くようになっていたから……。

「どうするの？　スタリオン」

このままだと、あの船は魔力不足で地上に落下してしまう。

もしくは、もうそろそろ錬金魔池の過熱が限界を超えて……。

「スタリオン、どうにかしないと……っ！」

「っ！」

私の嫌な予感が当たってしまった。

突然、巨大な錬金魔池が置かれている船底部分に轟音と共に穴が開き、そこから火炎が噴き出していたからだ。

錬金魔池が爆発で吹き飛んだ以上、残りの魔力は飛行魔法陣板に残っているだけ……だけどすでに消費しているはずで、それを証明するかのごとく、ただの巨大な落下物と化した船は王都目指して落下を始めていた。

あれほどの重量物が……しかも、王城への落下ルートを辿っているじゃないの！

これは多くの犠牲者が出て、王都の被害も甚大になるはず。

その責任は……間違いなくスタリオンに向かうわね。

「フランソワ、救援に向かうぞ」

「ええ……」

当然、私たちの周囲は大混乱であった。

空に少し浮かび上がるだけでお披露目試験飛行は終わるはずだったのに、なぜか船は王城の上空に向かい、突然爆発を起こして落下してしまったのだから。

「スタリオン！」

急激に高度を落とした巨大錬金飛行船は王城の建物に激突してそれを粉々に粉砕し、先ほどの錬金魔池の爆発による船体の破損と、落下の衝撃で耐久度が落ちた船体をバラバラに吹き飛ばし、その破片が王都中に落下して甚大な被害を与えてしまう。

「うわぁーーー！」

こちらにまで飛んできた船の破片が命中した作業員が、私たちの目の前で頭を吹き飛ばされて死んでしまった。

まさか、錬金魔池の爆発がここまで凄いとは……。

もう王都は壊滅状態ね。

あちこちで火災も発生しているけど、その消火や王都の住民の救援を指揮すべき王族と貴族たちの大半は船を運命を共にしてしまった。

「スタリオン！　本当に救援に向かうの？」

王都に向かって走り出したスタリオンに対し、私は追いかけながら声をかけた。

彼がそんな殊勝（しゅしょう）な性格をしているとは、到底思えなかったからだ。

「僕は、こんなことでへこたれない！」

「えっ？」

こんな時に、あなたはなにを言っているのかしら？

「僕は将来を嘱望された錬金術師だ。錬金術師はどこの国でも活躍できる。こんな王様や貴族が無能な国に拘るべきではないね。いざ行かん。我が妻フランソワよ」

「……そうね……」

私はスタリオンの妻ということになっているから、下手にこの国に残ると、あとでどんな罰を受けるかわかったものではない。

スケープゴートにされては堪らないから、他国で生活を立て直すしかないわね。

それともう一つ、この苦境を乗り切ったスタリオンがこのあとどうなるのか、それを見届けたい。

（どうせ家族も友人もいない身よ。可能な限りつき合ってあげるわよ）

私も大概性格が悪いわね。

錬金術師としてのスタリオンが追い込まれていく様子を傍で見届けたい、などと思ってしまうのだから。

今度こそスタリオンは、オイゲンに対し優位に立てるのかしら？

第六章　ブルネン王国滅亡

「王都オーパーツが壊滅状態だって？」

「はい。試作した超巨大錬金飛行船が王都の中心部に墜落したそうです。王城を巻き込み、被害は甚大です。同時に試作していた錬金魔池の爆発が原因だそうで……。その爆発もあって、王都は中心石にも被害が出ております」

「急ごう。こうなってしまった以上、我らロイエンタール辺境伯家が王都を救わなければ。ダスオンとシッタルもか……。あそこの都督は、マリアンヌ王女だからね」


ロイエンタール辺境伯家の錬金飛行船と水上船の艦隊に対抗すべく、ブルネン王国は超巨大な錬金飛行船の試作をしたのはいいけど、お披露目の試験飛行で墜落してしまい、王都に甚大な被害が出たと、ロイエンタール辺境伯の家臣が報告にやって来た。

そして、その後始末をするはずの王族と貴族たちが壊滅状態だそうで……というか、よくそんな怪しげな飛行船に乗るよな。

王族や貴族として危機管理意識に欠けていると思うけど、今さら言っても無意味か……。

報告を聞いたロイエンタール辺境伯は、他国に付け入られないよう、すぐに諸侯軍を王都救援に向かわせた。

もっとも、他国は滅亡病への対策で忙しいので、外敵への対処はあくまでも念のため、形だけということらしいけど。

「オイゲン君、すまないが……」

「わかりました」

俺たちも、新造した巨大な錬金飛行船に乗って王都へと向かった。

実はこの新造船、ちょっと他の船とは造りが違っている。

全長四百メートルほどで、ブルネン王国が建造していた超巨大錬金飛行船の半分以下だけど、船内のスペースの大半が錬金工房なのだ。

基本的に俺たちだけで動かせるようになっており、残りはすべてゴーレムたちが担っている。

「ゴーレムたちのメンテナンスを行う整備室。効率を最重視した巨大錬金工房。これまでの稼ぎの多くを注ぎ込んだ最高傑作だ」

生産効率も、生産量も、クリークドルクの新しい工房を圧倒している。

これがあれば、俺は世界中どこでも錬金術師として生きていけるのだ。

「ははは、勿論逃がさないけどね」

心の声を悟られたのか。

俺は同乗しているロイエンタール辺境伯に釘を刺されてしまった。

「建造費を半分出してもらったので、今のところはその予定はないですよ」

「それにしても、これまたちょうどタイミングよくですね」

まるで今回の事件に備えていたかのような……とハイデマリーは思ったようだ。

「元々オイゲン君が、錬金工房を搭載した船を建造する予定だったと聞いてね。ブルネン王国が突貫工事で無茶な超巨大錬金船の建造を始めた頃だったので、ロイエンタール辺境伯家も資金を出して急いでもらったのさ」

災害救助はロイエンタール辺境伯家諸侯軍の担当として、この船を王都に向かわせるのは、壊滅した錬金物の製造能力を補うためであった。

治療薬などの需要は増えるし、なによりロイエンタール辺境伯が懸念していた中心石の破損と、即座に訪れた瘴地化が問題だ。

そこに多数のモンスターたちが押し寄せ、被災者たちの死体を食らい、弱った負傷者を襲い、さらに女性や子供、老人に、冒険者としての才能がない普通の人たちを襲うようになってしまった。

「オイゲン君は、一刻も早く王都を正常な土地に戻してほしい。同時に、やはり錬金物が足りないそうだ」

この巨大錬金飛行船があれば、必要な錬金物をかなりの量供給できるわけだ。

「スタリオンは死んだのかな？」

「死んだと思う」

いくらあいつがゴキブリ並みにしぶとくても、錬金飛行船の墜落から生き残れるとは思わない。

今頃はその身は木っ端微塵か、モンスターの餌だと思う。

「随分としぶとかったけど、最期は呆気なかったね」

メルルはスタリオンが死んで、喪失感なんて感じないか。

「人間なんて、案外そんなものかもしれないな」

できもしないのに、変な見栄を張って巨大な錬金飛行船建造の指揮なんて執るからだ。

まさに自業自得としか言いようがなかった。

「旦那なら建造できたかもな。全長一キロの超巨大錬金飛行船」

「作れるけど……」

「作れるのか！　さすがだな！　旦那は」

「あんな大きな船、運用コストがさぁ……」

だから、ロイエンタール辺境伯家が所有する黒材製の錬金飛行船艦隊も、水上艦隊も、最大で百メートル級しか存在しないのだ。

それ以上大きくなると、維持費が跳ね上がってしまう。

黒材製なので、従来の錬金飛行船よりは圧倒的に維持費は安いけど。

「一キロの錬金飛行船なら、二百メートル級を五隻の方が維持費が安い」

「二百メートル級でも他国にはない大きさだし、十分他国への威圧に使えるからね。超巨大錬金飛行船は無駄の極致だと思うよ。でもこの船は例外さ。オイゲン君のおかげでさらに性能もよくて君なら維持できる。有事の際はうちが補給船として接収するから、建造費を半額負担したんだけどね」

例外は俺だけで、まさにピラミッド、万里の長城、戦艦大和並みに無駄だったというわけだ。

それでも成功すればマシだったのだけど、現実は王城と王都の中心部を巻き込んで自滅してしまったのだから。

「普通こういう時って、王族なり王都の貴族が、復興の指揮を執るんじゃないかなって思うんだ」

「メルル君の言うとおりなんだけど、その指揮を執る王族と貴族たちは超巨大錬金飛行船と共に全滅状態でね」

危機感もなくほぼ全員が超巨大飛行船に乗り込んでパーティーに参加していたけど、船が墜落したのは王城と王都の中心部があるエリアだった。

大貴族ほどその付近に住んでいたので、救援と復旧を指揮する者がほとんどいないのも、王都の混乱に拍車をかけていた。

「誰か大物貴族がいるといいのだけどね。あまり期待はできないかな」

これは酷いことになったと思いつつ、俺たちは王都へと急ぎ向かうのであった。


「ねえ、オイゲンくん。どうして、ロイエンタール辺境伯はこの船に乗り込んでいるのかな？」

「……新造船を見たかったから？」

「旦那、他も新造船だらけだけどな……」

「錬金工房を兼ね備えた『錬金工房飛行船』が珍しかったんだよ、きっと」

「これは酷いものだ。まずは生存者の救援と、中心石が破壊されたエリアからの脱出も指揮しなければ……ルアンがやるだろうけど。オイゲン君、治療薬を大量に頼むよ。ハイデマリー君は……」

「私は治癒魔法の担当ですね」

「お任せください」


一言で言うと、王都は地獄であった。

初めてやって来た王都オーパーツだが、中心部にある王城は完全に崩壊して瓦礫（がれき）の山と化しており王都の中心部にある貴族たちの住む屋敷が立ち並ぶ区画も、全滅に近い被害を受けているそうだ。

さらにその地区に設置された中心石が破壊され、交通システムも移動魔法陣板（トランスファーサークルボード）と切り替え器（チェンジアプライアンス）が破壊されたので、完全に使用不能となっていた。

同調させていたせいで、破壊されていない交通システムも現在は止まっており、中心部以外でも超巨大錬金飛行船の破片の落下で、人と物の行き来が阻害(そがい)されて大損害を受けていた。

「オイゲンくん、中心石が破壊された地区だけど、上空を見てよ」

「……だろうな、そんな予感はしていた」

すでにその上空には、多数の鳥型のモンスターが飛び交っていた。

この様子だと、王都の中心部にはすでにモンスターがいるだろう。

「王都の外縁部は瘴地ではないから、たとえ中心部だけが瘴地化してもモンスターは入ってこないものだと思っていたよ」

「普通はそうなんですけどね。上空をよく見てください。『お抱え鳥』が沢山見えます」

お抱え鳥は、とても不思議なモンスターだ。

どこからかモンスターを運んできては、目的の瘴地にそれを空挺(くうてい)作戦のように落としていく非常に厄介なモンスターであった。

「あれだけの数のお抱え鳥が上空にいるとなると、すでに相当な数のモンスターが王都の中心部にいるでしょうね。それを排除しつつ再び中心石を設置し直し、還元液も使わなければ駄目ですね」

「王都の中心地区に閉じ込められたモンスターたちを駆除しないと、王都の機能が麻痺(まひ)したままですからね」

「それだけじゃなくて、もっと恐ろしいことになる」

「モンスターが王都中心部にいるエサ……人間を襲って増殖。外の地区も瘴地にしようと侵攻するようになるよね」

「王都が瘴地に戻るのか。旦那、とんでもないことになるぜ」

だからこそ、速やかに王都中心部のモンスターを駆除しないと駄目なのだ。

「冒険者たちには声をかけてある。幸い、彼らや錬金術師の犠牲者は少ないからね」

いくら功績をあげても、貴族たちが身分の低い成り上がりの冒険者や錬金術師を中心地に住まわせなかった。

そのおかげで王都中心部が壊滅したにも関わらず、ロイエンタール辺境伯も対策を打てていた。

ブルネン王国を動かす支配者層のかなりの部分が消えてしまったが、ロイエンタール辺境伯の弟君であるルアン様が、生き残った下級貴族や、平民でも優秀な者たちに地位と権限を与えて、かなりの力技で王都の掌握と復興を始めていたからだ。

現実問題として、ロイエンタール辺境伯以上の大貴族の生き残りが見つかっていないし、王族も同様なので、今はロイエンタール辺境伯家がなんとかするしかないのだ。

地方貴族は、滅亡病のせいでまだ人を動かせる状況になかった。

「みんな、あの船に乗り込んでいたのか……」

知らないって怖いよな。

あんな超重量物、浮かぶしかできないはずだし、俺から見たら超危険物でもあるのに、そんなもののお披露目に多数が乗り込んでしまうのだから。

「俺なら、死んでも乗らないけどな」

「なんでも、特級錬金術師であるミスト殿のお墨付きだったらしいよ。それに、超巨大錬金飛行船のお披露目に招待されるってのは、自分が大物である証だからね。招待を断る貴族はいないだろうね」

「節穴なんじゃないか？　その特級錬金術師」

モアも、あんなに重たい合金で補強されている超巨大錬金飛行船がまともに飛ぶとは思っていない。

お墨付きを与えたという特級錬金術師に対し、かなり否定的であった。

「モア君。そのミスト殿なんだけどね……」

「死んでしまったのか？」

「いや、幸い中心部には住んでいないのでね。それで……彼はすでに八十歳を超えているだろう？　だからだろうね……」

「そういうことか……」

年でかなりボケており、今では特級錬金術師の面影もないそうだ。

「そんなのがお墨付きを出しても意味ないじゃないか」

「それでも彼は特級錬金術師なのさ」

特級錬金術師は一度任じられると、死ぬまで剥奪されないからな。

結局フライヤーという老特級錬金術師も、死ぬまで特級錬金術師のままだったのだから。

「とにかく中心部に向かおう」

ロイエンタール辺境伯と共に俺たちが王都の中心部に向かうと、多くの冒険者や兵士たちがモンスターと戦っていた。

「大分モンスターは減ったようだね」

とはいえ、モンスターたちを全滅させないまま俺が瘴地を元に戻してしまうと、行き場のないモンスターたちが王都中に散ってしまう。

しばらくは待つしかなく、それから数時間経つと、視界にモンスターの姿はいなくなった。

「ルアンによると、現在モンスターたちの残党を掃討中だそうだ。今が一番タイミングがいいかもしれない」

今のモンスター残存数なら、外縁部に逃げ出すことを防げるか……。

またお抱え鳥が、どこかから陸上モンスターを運んできたら困るので、俺たちは急ぎ中心石のあった場所に急いだ。

「オイゲンくん、モンスターが少しは残っているようだね。ここはボクが！　あれ？」

数匹のモンスターたちが立ち塞がり襲いかかってきたが、メルルが魔法で対応する前に、後ろから飛んできた『風刃』によって斬り裂かれてしまった。

「この鋭い風魔法は……ロイエンタール辺境伯ですか？」

ハイデマリーの想像は当たり、彼女は自ら魔法を使ってモンスターと戦っていた。

「ロイエンタール辺境伯、家臣や冒険者たちに任せた方がいいですよ。あなたは指揮官なんですから」

それに、今はロイエンタール辺境伯家の当主なのだ。

不用意に前線に出るのはよくないと、俺は彼女に苦言を呈した。

「常識で言えばそうなのだけど、よくよく考えてみたらだ。ルアンもいるし、現状ではオイゲン君の方がよっぽど重要人物だからね。君の替えは、なかなか利かないんだよ」

王都の錬金術師の被害は少ないと聞く。

唯一の特級錬金術師であるミストはすでにボケてしまっているが、他の錬金術師たちの層はブルネン王国一で、俺がいなくても十分に代わりを果たせるはずだ。

「でもなくてね。彼らは彼らで使い道はあるけどね」

現在彼らは、王都復興のためロイエンタール辺境伯家の命令で錬金をしているそうだ。

大貴族とその家族の大半が消えたので、高級化粧品などの生産を止め、治療薬などの錬金のみを行っているらしい。

ちゃんと上が命じれば、彼らもそれに応えてくれる。

これまでは、ブルネン王国の王様と貴族たちが間抜けだったんだろう。

「言うなれば、私の代わりもいないわけではないんだ。なあに、粗方モンスターたちは駆逐された状態なんだ。危険は少ないという合理的な判断と、私なりにオイゲン君には大きく感謝している部分があるのさ。私の好意を受け取ってくれたまえ」

「では、遠慮なく守られます」

「任せてくれたまえ」

「ボクも魔法で頑張るよ」

「私は治癒魔法で！」

「あたいは、旦那が中心石を設置する手伝いだ」

ロイエンタール辺境伯はいい為政者で、もうすぐ引退するのが惜しいくらいだ。

メルル、ハイデマリー、モアと、スタリオンに比べたら俺は仲間にも恵まれた。

「ここだな」

「瓦礫で埋まってるね」

超巨大錬金飛行船の墜落と王城の破壊で降り注いだ瓦礫のせいで、王都中心部に設置された中心石は完全に埋まっていた。

この様子だと中心石は完全に駄目になっているはずで、だから瘴地化したのだろうけど。

「オイゲン君、これは私の風魔法で吹き飛ばした方がいいね。早速……」

「危ない！」

　瓦礫の山に近づいて魔法を使おうとしたロイエンタール辺境伯であったが、俺はそこからモンスターの気配を感じた。

　ロイエンタール辺境伯は凄腕の魔法使いだが、冒険者としての経験は少ない。

　俺はこれでも、メルルとハイデマリー、モアと組んで定期的に冒険者としても活動していたので、特殊なモンスターに気がつけたのだ。

　注意していたら間に合わないので、俺は咄嗟に彼女と瓦礫の山の間に立って、特殊なモンスターからの攻撃をその身で受けた。

　小さな岩片が弾丸のように飛んできて左肩にめり込み、かなり痛かったが、まあ死にはしないだろう。

　避けるとロイエンタール辺境伯に命中するから、これはもう受けるしかなかったのだ。

「オイゲン君！」

「大丈夫ですよ。それよりも……」

　いきなり岩片を放ってきたのは、『偽岩』と言う非常に珍しいモンスターであった。

　岩に擬装して、近くから岩片を弾丸のように放って冒険者や他のモンスターを攻撃する。

　ただ、よほど当たり所が悪くなければ、今の俺のように少し怪我をして終わりだ。

　自分に近づいてくる者しか攻撃できないので、一度見つかってしまえば簡単に倒されてしまう。

　場所を特定された偽岩は、俺の風魔法で呆気なく斬り裂かれてしまった。

「オイゲンさん、大丈夫ですか？」

「ハイデマリー、治癒魔法をお願い」

少し痛かったが、偽岩が放った岩片は自分の手で取り除けるくらいしか肩にめり込んでおらず、岩片を取り除いたあと、ハイデマリーに治癒魔法をかけてもらえばもう元どおりだ。

「オイゲン君、すまない。油断した」

「偽岩には、俺も駆け出しの頃にやられたことがあるので気がつけただけですよ」

実力があっても、不意を突かれて負傷する冒険者が意外と多い。

俺もそうだったから油断は禁物だ。

「死なないのであれば、私を庇わなくてもよかったのに……」

「それはそうなんですけど、ロイエンタール辺境伯は女性ですから、万が一傷が残ったりすると大変じゃないですか。俺は男なので、少しくらい傷があっても勲章みたいなものですよ」

偽岩の攻撃程度で傷は残らないはずだが、つい前世の頃の思考が残っていたようだ。

「私が女？」

「じゃないですか。誰よりも綺麗な顔をして」

この人はもの凄い美人だから、つい傷つくのを防ごうとしてしまったのであろう。

「そうか、私は女か……迷惑をかけたね。では、次は私が」

ロイエンタール辺境伯は、瓦礫の山を風魔法で綺麗に吹き飛ばした。

すると中心石が露出したが、罅だらけなのでこれでは効果はないはずだ。

急ぎ回収して錬金術師のカバンに入れてから、新しい中心石を設置する。

「あとは家臣と兵たちに任せてくれ」

還元液の散布は、ロイエンタール辺境伯家諸侯軍と合流した王国軍に任せた。

王国軍は指揮者不在で機能不全に陥っていたが、ロイエンタール辺境伯家の手際がいいので、みんな特に疑いもなくその指揮に従っている。

「残りは、中心部、王城と大貴族たちの邸宅の瓦礫の撤去だね。それにしても、こんな理由でブルネン王国が……」

確かに、王族のほぼ全員と、多くの大貴族とその家族が全滅した理由がバカすぎる。

俺から言わせると、みんなどうしてスタリオンのような詐欺師に……顔がいいからか。

バカみたいな話だけど、前世でも彼みたいな人が罰せられることなく、世間を上手く渡っているケースは少なくなかった。

超巨大錬金飛行船なんていうロマンのせいで一国が滅ぶなんて、後世の歴史書ではどう書かれるのかね？

「王城の再建は後回しだ。よく探せば、王族の生き残りが一人くらいはいないかな？」

「やっぱりいた方がいいんですか？」

「当然だよ。旗頭がいるのといないのとでは大違いだから」

とはいえ困ったことに、王都に在住していた大貴族のみならず、滅亡病のせいで人の移動が禁止されているにも関わらず、超巨大錬金飛行船のお披露目試験飛行に参加すべく、王都付近の在地貴族たちとその家族までもが一堂に集っており、生存は絶望的だ。

飛行機事故で生存者がほぼいないのと同じ理屈で、墜落現場は誰なのか判別できない死体が散乱していて酷いあり様らしい。

そんなわけで、領主とその家族が不在の領地の面倒まで、ロイエンタール辺境伯家が見なくてはならないわけか。

「オイゲン君は船に戻って作業をしてくれ」

「わかりました」

「ああ、そうだ。少しは生き残りの貴族がいてね。ひょっとしたら、わけのわからない要求をしてくるかもしれないけど……」

「その辺は適当に対応しておきます」

大体想像はつくけど、今の俺は運よくロイエンタール辺境伯家お抱えの錬金術師だ。

上手く稼がせてもらう。

もっと色々と新しい錬金物を作れるようにしたいから、その糧となってもらおう。


「『美肌化粧水』をちょうだい」

「五十万シリカになります」

「高いわねぇ……でも仕方がないわ」

「バルジット子爵夫人、オットー工房の『美肌化粧水』は、ザブルク工房のものよりも効果が高いのよ」

「それは凄いわね」

「君、『スタミナドリンク』をくれ」

「一本五千シリカです」

「これだよ。これがよく効くんだ」

どんなに生まれがよくても、教育を受けても、バカは一定の割合で出てしまうようだ。

王都郊外に着陸し、船内の錬金工房をフル稼働させていると、そこに生き残った多くの貴族たちが姿を見せた。

彼らはこの状況でもまだ贅沢を続けており、大した錬金ができないスタリオンは、この手の王都の金持ちマダムを相手に錬金術を用いた化粧品や美容品を販売していたようだ。

スタリオンでも作れるレベルの錬金物なので効果はそれなりだが、彼が対面販売していたのでよく売れていたと聞く。

その客の生き残りが、同じような品を求めて殺到していた。

大商会の妻妾(さいしょう)たちと、意外と生き残っていた貴族の女性が多いように見えた。

どうしてうちに殺到しているのかといえば、すでに他の錬金術師たちに断られたからだ。

みんな、ロイエンタール辺境伯家の命令で治療薬や復興に必要な資材などの錬金で忙しく、それらの品を作る余裕がなかった。

だから巨大船に錬金工房を搭載し、王都郊外に船を置いているうちがターゲットになったわけだ。

「いいんですか？　オイゲンさん」

「別にいいさ」

真面目なハイデマリーからしたら、こんな非常時に高級化粧品や美容品を求める金持ちマダムや令嬢たちに嫌悪感があるのだろう。

俺も同じだけど、こんなもの大した手間もかからず作れる。

一応錬金物だけど、地球の健康食品や医療部外品のようなものなので、治療薬のように劇的な効果があるわけではない。

スタリオンはこれで富を稼ぎ、マリアンヌ王女の知己を得た。

その結果はブルネン王国の滅亡だったわけだが、相変わらず連中は懲りないな。

(そんなに欲しいのなら、いくらでも売ってやるさ)

ただし他の錬金物の生産が逼迫しており、材料も高騰しているから以前よりも高額だけど。

勿論そんな言い訳は大嘘で、実はこれらの錬金物の材料は治療薬などを作る薬草の残骸……薬効成分を搾り終えた残りカスから取り出したわずかな薬効成分をとても薄く伸ばして使うから、ただの廃物利用だったりする。

この辺も、地球の健康食品と似ている部分があるな。

(こんな状況なんだから金を貯めておけばいいのに……そんなこともわからないなんて……)

俺は欲しいと頼まれたから、作って売っているだけだ。

その導線を作ってくれたスタリオンに少し感謝しておこう。

こいつらの金を奪っておけば、ロイエンタール辺境伯家も少しは楽になるはず。

なにしろツケは一切認めておらず、欲しければお金を出すしかないのだから。

一緒に新製品として、スタミナドリンクも錬金して販売してみた。

ちょっと効果の高いエナジードリンクだと思ってもらえばいい。

これも大変よく売れており、特に金持ちが大量購入していった。

こんな時に、一本五千シリカのスタミナドリンクを大量購入する貴族……どうせバカなので、せいぜいボッタクってやるさ。

「毎度あり」

「オイゲンくん、今日はとても儲かったね」

「私は複雑な心境です……」

「ハイデマリーの気持ちわかるな、こんなものによく大金を出すよな」

大金を前に目を輝かせるメルルと、この非常時、こんなものに大金を出す貴族たちに否定的なハイデマリーと呆れるモア。

売っている商品の実情をよく知っているので、よくそんな値段で買うよなと思っているのであろう。

「旦那も意外と阿漕（あこぎ）なんだな」

「将来のためさ」

超巨大錬金飛行船の墜落で、ブルネン王国は滅んだ。

この跡はロイエンタール辺境伯家が継ぐしかなく、当然、他の貴族たちから不満が出るだろう。

のん気に超巨大錬金飛行船に乗っていた連中は考慮する必要ないが、生き残った連中が厄介だ。

そこで、無駄金を使わせて力をなくしてしまえばいい。

こんな手に引っかかって大金を使うバカなので、むしろ没落してもらった方が楽なのだから。

「だから、普通の人たちや有能な貴族たちは、こんなものを買っていないさ」

現在、ブルネン王国をロイエンタール辺境伯家が継ぐ動きが進んでいるが、目端の利く貴族たちはロイエンタール辺境伯家の優位を認めて臣従の態度を示していた。

上にいた大貴族たちがゴソっと消えたので、大出世のチャンスだからだ。

幸い、遠縁だが王族の姫が一人生き残っていたそうだ。

お披露目当日、急に熱が出て試験飛行に参加していなかったのが幸いした。

ルアン様が彼女と結婚して、ブルネン王国の国名も残す条件で現在生き残った貴族たちを纏めあげている。

ロイエンタール辺境伯家は、滅亡病のせいで動けない町、都市、貴族領に予防・治療薬を送るようなこともしており、一部貴族たちを除きブルネン王国を任せるに値すると思われていた。

結局旧ブルネン王国は、予防・治療薬の用意が完全にできなかったのだ。

見捨てられても当然であろう。

そんな中での、俺のボッタクリ商売というわけだ。

「そういえば、スタリオンは超巨大錬金飛行船に乗っていませんでしたね」

「あいつは、本当に悪運が強いな」

試験飛行披露当日。

本来船に搭乗する予定だったスタリオンは、大貴族の遠戚である錬金術師にその役割を奪われてしまったそうだ。

あんなガラクタを作った功績を奪おうとするその錬金術師も、実力ではスタリオンといい勝負だと思う。

船に乗れなかったスタリオンだが、船の墜落後、彼の妻にして優秀な錬金術師であるフランソワと共に行方不明らしい。

この大惨事の責任者なので、国外に逃げたと考えるのが妥当かな。

「もはや、あいつなんてどうでもいいな。今は王都の復興が先だ」

俺は貴族ではないが、錬金術師として必要なものを大量に錬金している。

自分の錬金したものが、実際に人々の役に立っているのが確認できるので、やり甲斐はあった。

王城の再建は大分先だろうが、ロイエンタール辺境伯家がブルネン王国を継いで治めてくれれば、すぐに元の生活に戻れるはずだ。

今は頑張るとしよう。

＊＊＊＊

「ほっほっほ。マリアンヌ王女殿下、いやマリアンヌ女王陛下。必ずや、ブルネン王国を取り戻してさしあげましょうぞ」

「左様、たかが辺境伯の分際で一国を乗っ取って差配するなど……そのような下克上を見逃せませんな。ドーラ王国のみならず、我らアイワット大公国も力を貸しましょう」

「治療薬で怪我が完治したと聞きましたが、今は傷ついた心の静養に専念していただきたい」

「ドーラ王国とアイワット大公国の尽力の感謝します」


やはり、スタリオンにはなにかが憑いていると思う。

それも決していい神様ではなく、邪神、悪魔の類でしょうね。

あの超巨大錬金飛行船が墜落して王城と王都の中心部が壊滅したあの日、国外に逃げ出すため、私たちは資産を取りに王都の中心部に近い場所にある借りていた住居に戻った。

ここでスタリオンが、中途半端な効果のある美容品を金持ちに高額で売りさばいて富を得ていたので、稼いだお金は王都の中心部に近い場所にあったのだ。

私の錬金術師のカバンに持ち出せるものをすべて詰め込んで家を出た直後、思わぬものを発見してしまった。

運よく倒れずにいた街路樹の枝に、なんと重傷のマリアンヌ王女が引っかかっていたのだ。

この人も運がいいのか悪いのか……。

すぐに木から降ろして治療薬を使ったので、彼女の怪我は完治した。

大怪我をしたことで、しばらくは体がダメージを覚えているので目を覚ますことはないだろうけど。

『スタリオン、運がよかったわね』

陛下を含めて、超巨大錬金飛行船に乗っていた王族はほぼ全滅したと思われるので、マリアンヌ王女が生きていたのなら、彼女がこの惨状を回復させる指揮を執ればいい。

『それが実現したら、スタリオンの罪もなくしてもらえるじゃない』

このままだと、超巨大錬金飛行船の建造を指揮していたスタリオンは死刑でしょうからね。

でも、マリアンヌ王女……新女王に取りなしてもらえれば。

『ドーラ王国かワイワット大公国に逃げるぞ』

『どうしてよ？　マリアンヌ王女がいれば、他国に逃げる必要なんてないじゃない』

『意外とバカだな。フランソワは』

ふんっ！

スタリオンに言われたくないわね。

自分の錬金術師としての実力も理解……認めることができないあなたが。

『王国の中枢が壊滅したのに、マリアンヌ王女になにかできると思うのか？　人がいいだけで、統治者としては無能な彼女に』

『それは……（へえ、他人の能力は冷静に判断できるのね）』

『多分、地方の大貴族が王都に乗り込んで復旧を始めると思うが、すぐに僕が超巨大錬金飛行船建造の総責任者だと気がつく。その前に、とっくに噂になっているはずだ。ならば、僕にすべての責任を押しつけ処刑すれば、王都の住民たちも溜飲を下げるだろうな』

『マリアンヌ王女はあなたを気に入っているわよ。庇ってくれるでしょう』

どうやら一人の女性として、あなたが好きみたいだからね。

『彼女の人のよさは、生まれのよさ、余裕からきている部分が大きい。次の王国の支配者は、この事件の責任者を処刑しなければならないんだ。フランソワ、君はまさか、あの船は実際には自分が作っていて、さらにアルバートが動かし方を間違ったからなんて言い訳が通用すると思っているのかな？　君らしくもない』

確かにそうね。

私に言われた以上の時間、船を動かしてしまったアルバート殿はもうこの世にいない。

死んだ人間を処罰できない以上、責任者であるスタリオンを必ず処刑しなければいけない。

もし彼が、実は私が船を建造したなんて暴露すれば……。

私としたことが、こんなバカ男に翻弄されるなんて……。

容姿は悪いけど錬金術の腕はある私が、顔がいいスタリオンを夫として世間に見せつける。

私はスタリオンを利用していたはずなのに、まさかミスを指摘されるなんてね。

『ドーラ王国かアイワット大公国に逃げ込もう。そうすれば……』

国の中枢が崩壊して別の貴族に奪われた国を、正当な血筋の王女が隣国の援助で取り戻す。

悲劇の王女様の亡命に手を貸せば、超巨大錬金飛行船の件は曖昧になるか、戦後、別のスケープゴートを用意して処刑すればいいわけね。

マリアンヌ王女を旗頭に、王都の混乱を治めるのは面倒だから嫌。

ああ、なるほどね。

それには錬金物が大量に必要となり、当然マリアンヌ王女のお気に入りであるスタリオンはそれに応えなければならないけど、当然無理。

あなたはオイゲンではない、だから結局逃げ出すのね。

得意の口八丁、手八丁でマリアンヌ王女の亡命政権に食い込み、他国からの援助を吸い上げつつ、他国の金持ち夫人や令嬢相手に儲かる美容品商売をすればいいのだから。

『理解したかな？』

『今はそれしかないわね』

私には政治なんてできないなら、他国で生活を立て直すしかないわ。

それに、私には錬金術の腕前がある。

最悪スタリオンを見捨てても、私は一人でどこででも生きていけるのだから。

と思って、ドーラ王国へ逃げ込んだ私たちは、思った以上にいい待遇を受けていた。

マリアンヌ王女を連れてきたのがよかったみたい。

ドーラ王国とアイワット大公国はクリーク山脈を挟んだ隣国だけど、このところのクリーク王国の滅亡、ブルネン王国の支配者交代を不気味に思っていたようね。

しかも、新しいブルネン王国の支配者となったロイエンタール辺境伯は、旧クリーク王国領と旧ブルネン王国領を大した混乱もなく治めている。

それどころか、両国でもまだ完全に行き渡っていない滅亡病の予防・治療薬の大量生産、全土への配布、他国への輸出も始めていた。

　新ブルネン王国は大規模な錬金飛行船、新型水上船の船団を増強しており、船員たちは予防・治療薬があるので、国内、商人連合、海の向こうの他国を飛び回って荒稼ぎしているそうだ。

　他の大陸の国々も錬金術師に余裕がないので、いまだ必要な予防・治療薬が用意できないところが少なくない。

　しかも新ブルネン王国は、予防・治療薬を相場で売ってくれるそうで、恩義を感じた他大陸の国家は新ブルネン王国を認めつつあった。

　ドーラ王国とアイワット大公国からすれば、新しい強大な仮想敵国の誕生ってわけね。

　だからマリアンヌ王女を優遇して、いざという時のカードとして確保しておきたいんでしょう。

　ただ両国はいまだ滅亡病の影響で国内が混乱してるから、すぐに新ブルネン王国に手を出す余裕はないみたい。

　マリアンヌ王女へ、今は静養するよう親切に言っていた。

　私たちとしても、現時点でブルネン王国に戻りたくないしね。

　そのうち、マリアンヌ王女がドーラ王国にいて亡命政権を作っていると聞けば、有象無象が集まって亡命政権も賑（にぎ）やかになるはず。

　私とスタリオンは、また金持ちマダム相手に利益率の高い美容品を売って儲ければいいのよ。

「スタリオン、私は……」

「ご安心を、マリアンヌ様。僕がいますし、すぐに反逆者ロイエンタール辺境伯のやり方をよしとしない忠臣たちが、これから続々と集まってくるでしょう」

　新ブルネン王国で没落した諦めの悪い無能揃いだと思うけど、枯れ木も山の賑わいと言うし、私たちの負担も減る。

そもそも私たちは錬金術師なのだから。

「そうですね。国を奪ったロイエンタール辺境伯家には必ず鉄槌を下さないと。リリスが女王？　辛うじて王族であった血の薄い小娘のくせに……」

新ブルネン王国は、ロイエンタール辺境伯家の新当主にして弱冠十五歳のルアンが新王に、その妻として旧ブルネン王国王族で唯一あの大惨事を生き残った……マリアンヌ王女も生き残ったけど、例外とするわ……リリス王女が結婚して新ブルネン女王となった。

どうしてこんなにあっさりと……と思わなくもないけど、すべてはオイゲンを抱え込んだからね。

スタリオンは死んでも認めないだろうけど、ドーラ王国とアイワット大公国は、気がついていないわけがなく、両国は国を取り戻した褒美に彼の身柄を要求するでしょう。

マリアンヌ王女やその取り巻きからすれば、錬金術師一人の身柄で国を取り戻せるのなら安いと思うはず。

それに彼女にはスタリオンがいて、彼女からすれば、優秀な錬金術師とは彼のことを指す。

だから、オイゲンを差し出しても惜しいとは思わないでしょう。

それにしてもマリアンヌ王女も不幸ね。

スタリオンが国外に連れ出さなければ安寧な人生を送れたかもしれないのに……一緒に彼女を連れ出した私が言うことではないか……。

「僕は、この国でマリアンヌ王女が好かれるように活動します」

「ありがとう、スタリオン」

物は言いようで、ただ単に金持ちマダムと令嬢にボッタクリな化粧品、美容品を売りつけるだけだけど。

逃亡の際に工房の設備は置いてきたので、損失を取り戻さないと。

どうせ両国もすぐにブルネン王国に兵を出すってわけでもないし、今は稼いでおかないとね。

結局、もしもの時には一番お金が頼りになるのだから。

＊＊＊＊

「この籠の中に入っているバッタなんだけど、オイゲン君はどう思う?」

「これは……すでにこの国と、ドーラ王国とアイワット大公国の北端に上陸しつつあると噂で聞きましたが……」

「北の大陸の大草原には、もっと尋常でない数のバッタの群れがいて、海を渡ろうとしているそうだ。北の大陸の大草原は完全に食い尽くされたという報告が上がっているね」

「……よくもこう次々と……」

俺は、政策アドバイザーじゃないんだけど……。

世界規模で疫病が発生し、人災で国が滅んで政権が交代したあと、次は蝗害とは……。

この世界は呪われているのではないかと思ってしまう。

籠の中にいる、見たことない模様のバッタは……どうなんだろう?

この手のバッタによくある群生体……俺はバッタに詳しくないからよくわからない。

モンスター扱いなので、大きさが三十センチ以上あってとにかく不気味だ。

魔石も獲れるけど、小さいから回収するのが面倒だな。

なによりこのバッタの悪いところは、その数の多さと、瘴地でない場所にある植物も根こそぎ食べてしまうことだ。

人間は食べないとはいえ、噛まれると肉を食い千切られてしまうほど顎の力が強い。

なにより悲惨なのが、このバッタに襲われた土地は植物が根こそぎ全滅するので、生態系を回復させるのに数十年単位でかかってしまうことであろう。

もしかしたら、疫病や王都壊滅よりも被害が大きくなるかもしれない。

「こういう場合、『殺虫剤』を撒くしかないですね」

「その方法を最初に思いつくけど、殺虫剤は他の植物、人間、作物への被害も大きいからね」

とても大きなバッタで、しかもモンスターだから生命力も強い。

生半可な毒では死なず、当然散布された土地にも甚大な被害を及ぼす。

散布する人間への健康被害も深刻で、それでもバッタのせいで土地が丸ハゲにされるよりはマシ
……という覚悟を決めて使用しなければならない。

「オイゲンさん。このバッタだけに効果があって、人間や植物に害がないか少ない殺虫剤ってないのでしょうか？」

ハイデマリーの提案はかなり都合がいいが……実は研究はしていた。

この種類の虫型モンスターじゃないけど、数で人間に脅威をもたらすモンスターは他にも存在し、そのモンスターのみを駆除する殺虫薬があればと考え、研究はしていた。

「『食草魔虫』と言う、瘴地で草を食べる虫型モンスターだけを駆除できる殺虫剤はすでに完成しているよ」

「それは凄いですね」

食草魔虫は瘴地に発生するバッタ型のモンスターで、これがたまに集団発生して瘴地の植物を根こそぎ食べてしまうのだ。

そのあとに残された他のモンスターたちは空腹のあまり狂暴化してしまい、冒険者に多くの犠牲者が出てしまう。

発生が少数のうちに殺虫剤で駆除できればいいのだが、大量発生後に殺虫剤を使うと広大な面積の瘴地が汚染されてしまう。

そんな瘴地を通常の土地に戻しても使い道がないので、そういうことがない殺虫剤を開発していた。

「どういう仕組みなんだい?」

「理論は簡単です。特定のモンスター限定の呪いを毒性のない魔法薬に組み込み、周辺を汚染しないように散布するんです」

「確かに簡単な仕組みだけど、実際に開発するとなると大変だと思うけど……」

「ええ、五年ほどかかりました」

師匠が生きていた頃から研究していたから、時間はかかったな。

ただ特定のモンスターへの死の呪いを魔法薬に組み込む基礎理論はすでに習得している。

「このバッタのみに効果があるように、他の生物には無毒な殺虫剤を錬金し直すわけだね?」

「まあそういうことになります」

「難しいのかな?」

「難しいというか、面倒ですね。時間と手間の問題です」

食草魔虫とこのバッタは、模様と大きさ以外はよく似たモンスターであり、あまり殺虫剤の錬金方法やレシピの変更は必要ないと思う。

　だけど、このバッタのみに効果があるようにしないといけないので、素材の調合比を見極めていかなければならない。

「場合によっては数千回同じ作業を繰り返すので、面倒ではあります。時間もかかる」

「なるほど……よし！　私も手伝おう」

「えっ？　ロイエンタール辺境伯もですか？」

　いや、確かに魔法使いの素質があれば、助手は務まるけど……。

「いまだ混乱が完全に治まったとはいえない新ブルネン王国なのでね。一刻も早くこのバッタ専用の殺虫剤を作って散布しなければならない」

　バッタに国土に入られてしまうと、人間が飢えに襲われてしまう。

　疫病や都市崩壊以上の被害をもたらすであろうから、それを防ぐため、急ぎバッタ専用の殺虫剤を作る必要があった。

「では、お願いします。まずは……」

　ひたすら調合比を微妙に変えた試薬の錬金をし、捕らえたバッタで試験を続けるしかないな。

「試験なら、私にお任せですよ」

「パメラ？」

「私も手伝います」

　測定錬金術師であるパメラも加わり、俺たちはただひたすら様々な調合パターンの錬金と性能評価試験を続けるのであった。

「無事に完成したね。さすがだね、オイゲンくんは」

「オイゲンさん、さすがに眠いですね……。徹夜で同じような作業を繰り返したので……ふわぁ」

「旦那、さすがに徹夜は辛いなぁ」

「この短期間でよくやってくれた。こうなるともう、オイゲン様って拝みたくなるね」

「やめてくださいよ、ロイエンタール辺境伯」

「オイゲンさん、測定結果は非常に良好ですよ。それで、完成したこのバッタ専門の殺虫剤ですけど……」

「ああ、運び出してもいいよ。すぐに散布しないと」

「すぐに散布するよう、空軍に手配しないと。ルアンにも頼んで急がせよう」


無事、バッタ専門殺虫剤の試作と量産に成功した。

ただ、全員が徹夜して今にも意識が落ちてしまいそうであった。

「久々に眠いなぁ……。みんな、寝室へ」

駄目だ……もうなにもできないし考えたくもない。

俺たちは急ぎ寝室へと向かい、ベッドに飛び込んだところで意識を完全に失ってしまう。

そして目を覚ますと……。

なぜかロイエンタール辺境伯が一緒に寝ていた。

「ロイエンタール辺境伯?」

「オイゲン君、実は訂正しようと思ったのだけどね。忙しくて言えなかったことがある」

「それはなんでしょうか？」

「私は、今はマリアンヌに戻っているのさ。ただの王女扱いで、辺境伯ではないんだ」

そういえば、ロイエンタール辺境伯の本名はマリアンヌだったな。

……あの間抜けな王女様と同じ名前なのか……その中身には大きな違いがあるけど。

「同じ王女になってしまったけどね。そういえば、彼女は生きていたとか。スタリオン、フランソワと共に、ドーラ王国にいるらしい」

マリアンヌ王女も上手く逃げ出していたのか……スタリオンと関わったからか、同じように悪運が強いな。

でもマリアンヌ王女はどうして王都復興の指揮を執らず、スタリオンと一緒に他国に逃げたのかな？

「恋とは、そういうものなのかもしれないね」

「そうですね……」

前世で俺が恋愛したのって、実質何年前になるかな？

今世は……元婚約者があの様だったのと、錬金術が楽しくてなかなかそういう機会がなかったな。

「ところで、どうして俺と同じベッドで寝ているんですか？」

これってまずくないのかな？

ロイエンタール辺境伯家当主から引退した彼女には、ちゃんとした身分の許嫁がいるはず……ああ、でもブルネン王国の上級貴族はほぼ全滅したのだった。

他国に嫁ぐ話とかあるのかな？

「オイゲン君、君は意地悪だね」

「どうしてです?」

「私が君の工房に泊まっても、ルアンはなにも言わない。そういうことだ」

それって答えになっていないけど……もしかして?

「君は、自分の評価を極端に低く見積もる傾向にあるね」

「長年勤めていた師匠の工房を追い出され、婚約者をスタリオンに寝取られればそうなりますよ」

さらに、俺の前世は日本人だ。

自意識過剰で、根拠のない自信に満ち溢れている人を見ると、別の生物に見えてしまうのだ。

「君は、新ブルネン王国にとってとても重要な人物なのだ。それだけじゃない。少し傷痕が残っているね」

突然、ロイエンタール辺境伯じゃない、マリアンヌ様が俺が着ているシャツをはだけさせ、左肩を露出させると、偽岩が放った岩片が食い込んだ痕が少しだけ残っていた。

「あと数日で消えますけどね」

「君は咄嗟に私を庇ってくれて、私が女性で傷がつくとよくないと言ってくれた。私を女性扱いしてくれる男性は、両親の死後ほとんどいなかったのさ。君は本当に意地悪だ」

と言うや否や、マリアンヌ様は不意打ちで俺の頬にキスをしてきた。

まさかの事態に、俺はまったく反応できなかった。

「まだ色々とバタついていてね。しばらく私は、ここに従業員として厄介になるよ。この国の統治は、ルアンに任せればいい。彼にもそろそろ独り立ちしてもらわないとね。結婚もするのだから」

ルアン様が新国王になるので、マリアンヌ様は引退して政治に一切関わらなくなるのか。

いつまでも手伝っていると、マリアンヌ様の方が王に相応しいと言い出す貴族たちが出てくるのだろう。

そして、完全に引退したマリアンヌ様は俺と？

今は焦る時間じゃない……バッタ専用の殺虫剤の効果を確認するのが先か。

決して現実逃避ではないからな！


「無事に新ブルネン王国領に侵入しようとするバッタの大群を専用の殺虫剤で駆除しました。オイゲン様が錬金した殺虫剤は非常に効果的で、他の生物や植物にも被害は認められません。多少農作物に食害が出ましたが……」

「それは王国で補填（ほてん）するから問題ない。バッタの群れの侵入を阻止できたのだから大成功だ」


俺はどうして王都郊外に置かれ、臨時のオットー工房となっている錬金工房飛行船の中で、いかにも役人然とした新ブルネン王国の大臣から、様づけで報告を受けているのだろう？

その隣には笑顔のマリアンヌ様もいて……ああ、俺が彼女の婚約者だからか！

新ブルネン王国に侵入しようとしたバッタの大群は、俺たちが製造した専用の殺虫剤で完全に駆除されたそうだ。

第二弾、第三弾の侵入がある可能性は高いが、増強中の錬金飛行船艦隊で飛行中の群れに殺虫剤を撒けば駆除もそう難しくないはず。

広範囲に殺虫剤を撒ける『噴霧器（ふんむき）』も製造しており、今後新ブルネン王国がバッタの被害を受けることはほぼないはずだ。

「よかったですね。バッタにすべての植物を食べられなくて。この国も安泰だ」

「実はそうでもないんだよ」

「えっ？　どうしてです？」

　俺が開発した殺虫剤に、なにか欠点でも見つかったのであろうか？

「オイゲン君の殺虫剤は完全だよ。散布に関しても、錬金飛行船での散布で上陸前にバッタを駆除でき、噴霧器の性能も素晴らしい。数も必要数あるからね」

「じゃあ、どうしてこの国が危ないの？」

　俺と同じくメルルも、この国に危機が訪れる理由がよくわからなかったようで、マリアンヌ様に問い質していた。

「実は、この国に侵入しようとしたバッタはすべて駆除されたのだけど、ドーラ王国とアイワット大公国はバッタの侵入を防げなかったそうだ」

「両国は、救援を求めなかったのですか？」

「ハイデマリー君。国家というものは面子を大切にするからね。ロイエンタール家を簒奪の家だと批判し、マリアンヌ王女を保護して国内に亡命政権を作らせて援助しているような連中だ。うちに頭を下げるわけがない」

　確か、そのマリアンヌ王女の下に、没落した旧ブルネン王国の貴族及びその子弟、さらに旧クリーク王国の元貴族たちまで加わって、なかなかの賑わいを見せていると聞いたな。

　その亡命政権のお抱え錬金術師が、なぜかスタリオンらしいけど。

戦をすると想定すれば、治療薬（小）を作れる彼は貴重なのか。

他の亡命錬金術師は、スタリオンの妻であるフランソワしかいないらしい。

新ブルネン王国にはいくらでも仕事があるのに、わざわざドーラ王国に向かうほどマリアンヌ王女に対し忠誠心がある錬金術師はいないのか。

「我々が勝手に両国に錬金飛行船を飛ばしてバッタを駆除しようとすれば、その時点で戦争になってしまう。手は出せないんだよ」

「手を出さないんなら、戦争にならないんじゃないのか？」

「モア君。バッタの大群が両国で大暴れをするんだ。きっと農作物に大きな被害が出るだろうね。食べ物がないと人は死ぬし、それを用意できない為政者は切羽詰まった群衆のリンチに遭う。そうなりたくなければ……」

「この国に攻めてくるのか？」

「食料がなければ、ある国を攻めて奪う。容易に思いつく方策だね」

そうでなくても、瘴地でない農地は貴重なのだ。

バッタの駆除に手こずって収穫が絶望的となれば、モンスターの肉や、採取できる食材のみでなんとかしなければならないが……。

「バッタは、農地のみならず瘴地にある植物ですら食い尽くします。多くの森林や草原は失われ、採取物も絶望的でしょうね。さらにそれらを食べるモンスターも、そのモンスターを食べる肉食の大型モンスターもです」

ハイデマリーは気がついたようだ。

バッタの大群に襲われた場所の食物連鎖が崩壊してしまい、モンスターの肉を得ることも次第に難しくなる。

こうなると、大型で強く、人間を食べる肉食モンスターだけが生き残り、彼らはじきにクリーク山脈を越え、隣接する旧クリーク王国領になだれ込んでくるだろう。

生態系が崩れると、色々と面倒なことが起こるのだ。

「あの……両国が対応できる可能性はないのでしょうか？」

スタリオンはアレだが、両国にだって優れた錬金術師がいるはず。

彼らがバッタの大群を駆除できる殺虫剤を開発し、それを散布するかもしれない。

「そうなることに当然期待はしているよ。ただ常に最悪の事態に備えるのが国家の指導者……ルアン陛下の仕事というわけさ」

「運悪く、彼らにはマリアンヌ王女という大義名分がいるからね」

彼女を抱え込んだばかりに、他国に攻め込んで食料を強奪するしか手がなくなるのだから、マリアンヌ王女とスタリオンはバッタよりも性質が悪いかも。

「でもさ。両国って、海路かクリーク山脈越えじゃなければ、この国を攻められないよな？」

「油断はできないけど、その地形のおかげで防衛はできるはずだ。そうなったら、ルアンの手腕に期待だね」

ルアン様は若いのに優秀な為政者であるし、なんとかしてくれると信じて俺たちは錬金を続けなければ。

錬金物の備蓄は必要だろうし、俺たちにはそれしかできないのだから。

＊＊＊＊

「今こそ、マリアンヌ王女が新女王となり、真のブルネン王国を取り戻すのだ！」

「簒奪者ロイエンタール家を滅ぼせ！」

「ロイエンタール家とそれに与(くみ)する者たちは皆殺しだ！」


しばらく放置されると思っていたのだけど、急にマリアンヌ王女が忙しくなった。

没落した旧ブルネン王国貴族とその家族、ロイエンタール辺境伯家に滅ぼされた旧クリーク王国の没落貴族とその家族。

彼らが集まり、マリアンヌ女王を首班(しゅはん)とする亡命政権が発足したからだ。

なぜかといえば、バッタによる食害で両国の今年の農業生産がまったく期待できないから。

食料がなければ、両国は飢えた国民たちの反乱により滅んでしまう。

いくら軍隊を用意しても、数の差で反乱を起こした民たちにまったく歯が立たないでしょう。

冒険者たちも国民側につくはず。

そんなわけで、マリアンヌ女王にブルネン王国に帰還していただき、そのお礼に食料を貰うという穴だらけの計画を立てたというわけ。

それにしても、マリアンヌ女王の周囲にいる連中はバカばかりね。

多少なりとも敏(さと)いのなら、ロイエンタール辺境伯家に拾われているはずだから当然か。

過去の栄光と贅沢な生活、追い出された領地を取り戻したい元貴族たちが、マリアンヌ女王から空手形を貰って喜んでいるわ。

私は戦に必要な錬金物の製造で忙しいというのに、のん気で羨ましいわね。

スタリオンは、ちゃっかりとマリアンヌ女王の傍にいるわ。

元貴族たちの鋭い視線を受けても無視できる、その肝の太さは見習うべきかしら？

元貴族たちは、新しいブルネン王国でいかに重要な地位と褒美を得るか、それしか考えていない業突く張りばかり。

さらに両国の軍勢には錬金飛行船がないから、はるばるクリーク山脈を徒歩で突破するか、海路を水上船で攻めるかだけど、向こうはとっくにお見通しでしょう。

大体両国の兵士たちだって、戦の経験はおろか、ろくな訓練を受けていないのだから。

つまり、両国は確実に負けるってこと。

「スタリオン、あなたは従軍してくれないのですか？」

「女王陛下、僕は錬金術師なのです。後方で錬金物を作り、前線に補給するのが大切な仕事ですから」

「そうですか……わかりました」

上手く誤魔化せたわね。

スタリオンが前線にいても役に立たないし、本当の錬金の腕前がバレてしまう。

後方で私に任せれば、そこは誤魔化せるから。

彼の話を聞いて、元貴族たちが満面の笑みを浮かべていた。

自分たちが女王陛下のお気に入りになりたいから、いつも彼女の傍にいるスタリオンは邪魔だと思っており、この戦がチャンスだと考えているのでしょう。

実はいまだ宰相や大臣の地位が丸々空いているから、そこに入りたいんでしょうね。

戦には間違いなく負けると思うけど、それを平民である私が言えば角が立つ。

こうやって、勝てない戦に臨んで破れるバカな貴族や王族が出るわけね。

「それでは、後方からの補給を頼みます」

両国の軍勢と、マリアンヌ女王率いる正統ブルネン王国軍（正式名称）は、海路とクリーク山脈ルートで新ブルネン王国へと攻め込んだ。

私は軍に供給する治療薬作りなどで忙しく、スタリオンは……なぜか荷物を纏めていた。

少しくらい私の錬金を手伝いなさいよ！

「スタリオン、気が変わって前線に出る気になったのかしら？」

だとしたら青天の霹靂（へきれき）どころではないけど、彼はそんな勇気も、勤勉さも持ち合わせていないはず。

「まさか。僕は錬金術師なんだ。他に能がなくて前線で命がけで戦う脳筋たちと一緒にしないでくれ」

相変わらずいい性格をしているわね。

大した錬金もできないくせに、兵士たちを他に能がないなんてバカにできるのだから。

私といい勝負だわ。

「他国でやり直すのさ。幸い、大分稼げたしね」

確かにスタリオンは、マリアンヌ女王のお墨付きと、顔のよさを利用して化粧品と美容品で荒稼ぎしていた。

今のうちに逃げ出せば、大分収支はプラスのはず。

「船のあてがあってね。他国に向かう」

「どの国に行くってのよ？」

北方の大陸はバッタの発生地だから酷い飢饉（ききん）に襲われているようで、船でこの小さな大陸に逃げてくる人たちもチラホラと出始めた。

もっとも、食料不足はドーラ王国とアイワット大公国も同じ。

同じ高貴な身分の者として、マリアンヌ女王の祖国奪還に協力するなんて言っても、その実は新ブルネン王国の食料が目当てなのだから。

東の大陸は水上船の難所である海路が多いので、錬金飛行船の方が安全だけど、スタリオンに用意できるわけがない。

あとは、南と西の大陸かぁ……。

「西の大陸は、いまだ滅亡病で多くの国々が混乱していると聞く。僕なら大活躍できるさ」

確かにそんな西の大陸では錬金術師にも需要があるはず……スタリオンに予防・治療薬は作れないけど。

「そこで、西の大陸の奥にある神聖ラーベ帝国へと向かう。あそこは女性の統治者のおかげでとても安定していると聞く。僕の商売も上手くいくはずだ」

確か二十年ほど前に内乱が終結して、ライバルとその一族、シンパを根こそぎ虐殺した女性皇帝テレジア一世が統治しているはず。

彼女は内乱終結時には二十歳前後だったそうで、若いのに大した人物よね。

さらに四十歳を超えた今でも、二十年前とほぼ同じ若さを保っていると噂になっていて、内乱時のライバルたちへの苛酷な処置から、『悪魔と契約している』という噂が流れるほどの統治者だって聞く。

「神聖ラーベ帝国なら、僕の実力は認められるはずだ」

「……そう……（女性の皇帝……だからなのね……）」

いつも思うのだけど、その根拠のない自信はいったいどこから湧いてくるのかしら？

でも、スタリオンなら上手く取り入れるような気もするわ。

「マリアンヌ女王はどうするの？」

「どうする？　彼女は一国の支配者となる人間で僕は一介の錬金術師でしかない。元より合わなかったのさ。さあ、他国へ向かう準備を急ごう」

「……わかったわ（西の女性皇帝ならいいのかしら？）」

スタリオン、あなたはまた逃げるのね。

バッタの群れがこの国に襲来した時、殺虫剤の製造依頼を上手く誤魔化して、他の錬金術師たちに押しつけた。

だって強い殺虫剤を使えば、他の動植物はおろか、モンスターにも影響が大きいから。

他の錬金術師たちは背に腹は代えられないと、農作物や多くの草木、モンスターを犠牲にしてバッタの駆除に成功したけど、農作物は全滅状態で大きな批判を受けた。

スタリオンもその尻馬に乗って彼らを批判し、ますます貴族のマダムや令嬢たちから優れた錬金術師だと思われるようになったけど。

スタリオンが錬金術師たちを強く批判する根拠は、自分はあのバッタにだけ効果がある殺虫剤の研究をしていたというもの。

勿論大嘘だけど、顔がいいって得よね。

多くの人々が、『この国の錬金術師たちは、優れた錬金術師であるスタリオンが他所者だから、あのバッタのみ殺す殺虫剤が完成するのを待たず、従来の殺虫剤を用いて今年の収穫をゼロにしてしまった』と思い込んでしまった。

実はなにもしていないスタリオンは、顔のよさと口先だけでさらに名声を得たのだ。

そして、化粧品と美容品はさらに売れて儲かった。

「潮時かもね……」

「わかればいいのさ」

口から出まかせで作れると言った、あのバッタにしか効果がない殺虫剤だけど、オイゲンが見事に開発していたのには驚いたけどね。

そのことを知ったスタリオンは、また歯ぎしりして悔しがっていたけど。

「こんなショボイ国、僕には似合わないね。いざゆかん！　世界一の大国へと！」

私たちはチャーターした水上船に、載せられるものすべてとこれまでに稼いだお金を積んで、一路西へと船を走らせる。

スタリオンの詭弁が、錬金術師大国である神聖ラーベ帝国で通用するのか？

それを確認したいだなんて、私もスタリオンと同類の人間なのかもしれないわ。

＊＊＊＊

「ドーラ王国とアイワット大公国。クリーク王国に続き、両国まで呆気なく消え去ってしまうとは……。なし崩し的に大陸統一……姉上？」

「私はもう手を貸さないことにしているのだ、我が弟よ自立してくれ」

「とにかく、大量の食料を占領した両国に運び込んでいます。幸い、我が国は王都周辺に多くの穀倉地帯を持つ食糧輸出国であるのと、バッタの被害がほとんどなかったこと。滅亡病の予防・治療薬、不足する錬金物の輸出でお金に余裕があること。運搬する錬金飛行船と、新型水上船に不足がないことなど。幸運が重なっておりますので」

「ルアン、幸運なのは確かだけど。私が頑張って、オイゲン君の国外脱出を防いだ功績もあるのだ。落ち着いたら、ちゃんとオイゲン君に褒賞を頼むよ。信賞必罰は、国家の運営に必要不可欠なものだからね」

「あの……もう帰っていいですか？」

「オイゲンさん、まずは至近の褒美です。ご自由にどうぞ」

「好きに使ってくれたまえ。なんなら、メイド服も着てみせるぞ。一度着てみたかったというのもあるけどね」

「……」


ドーラ王国、アイワット大公国、正統ブルネン王国軍による侵攻は、見事失敗に終わった。

所詮は寄り合い所帯であり、食料不足でほとんど訓練もできず、特に正統ブルネン王国軍には無能な貴族しか存在せず、さらに錬金飛行船、新型水上船などの装備の差もあり、なすすべなく崩壊、王たちは呆気なく討ち死にした。

マリアンヌ女王は戦場から逃げ出そうとしたが、最後に滅びの美学を達成せんと、自害を決めた貴族たちにつき合わされてしまったらしい。

指揮官クラスの貴族たちの討ち死にも多く、これは兵士たちに『降伏したら、食料をあげる』と呼びかけた結果だそうだ。

一部精鋭部隊は、上空の錬金飛行船から魔法や飛び道具、錬金術で俺が量産した『魔法手榴弾』によって一方的に打ち破られ、心を折られた生き残りたちは降伏した。

物資に余裕がある新ブルネン王国軍はそのまま進撃して両国を完全占領し、歴史あるドーラ王国とアイワット大公国は呆気なく滅んでしまう。

両国を完全に占領したのは、このまま放置すると両国の住民たちが餓死するか、難民となって一斉に新ブルネン王国に押し寄せるからだ。

建国したばかりの国に多数の難民が押し寄せれば、新ブルネン王国まで崩壊してしまう。

それを防ぐための両国の占領で、実際両国を安全占領する際に一部王族や貴族たちが抵抗したが、普通の人たちはほとんど抵抗しなかった。

軍の仕事は、争いにならないように食料を公平に配給することのみだったと言っても過言ではなかったのだから。

本当に忙しいのだ。

「あのぅ……俺は忙しいので……」

今、旧ドーラ王国の王都郊外に着陸した錬金工房飛行船では、『成長促進剤(そくしんざい)』『土壌改良剤(どじょう)』『錬金肥料』の製造を続けていた。

バッタのせいで土のみとなった農地に、新ブルネン王国より持ち込んだ穀物の種を植え、成長促進剤で短期間で収穫できるようにしたのだから。

ただ、その方法を用いると土地の栄養を過剰に吸い取って、その後数年は農業ができなくなってしまう。

そこで収穫後に、土壌改良剤で土の滋養を回復させるわけだ。

錬金肥料は、定期的に土地に撒いて収穫量を増やし、痩せた土地の回復を早める効果がある。

俺は、両国で必要とされるこれらの品を懸命に錬金していた。

錬金工房飛行船の中にある工房とゴーレムたちを用いても到底間に合わないので、両国の錬金術師たちも参加している。

三種とも俺が改良したものなので、レシピを彼らに提供していた。

ただ、俺のレシピをそのまま用いても、所定の性能が出なかったり、効果がないことも多いわけで、みんな錬金術師としてのプライドに懸けてレシピを自分流にアレンジし、錬金に勤しんでいる。

パメラの品質チェックが厳しいので、なかなか合格が出ない錬金術師も存在すると聞いたけど、性能に届かないものを用いる危険は、あの超巨大錬金飛行船が証明している。

結局、スタリオンのせいで三つの国が短期間で滅んでしまった……ドーラ王国とアイワット大公国は蝗害のせいか？

「残念ですが、これだけの功績があり、今はこの国の根幹であるオイゲンさんを野放しにはできません。幸いにして我らロイエンタール王家は、両親の急死と親戚の少なさから、一門の枠が余っています。オイゲンさんを公爵に任じさせていただきます。なお、拒否はできません」

貧乏農家の五男が公爵ねぇ……家柄、血筋自慢の貴族たちがうるさそうだな。

「あのぅ……マリアンヌ様が公爵ではないのですか？」

その方が、反発も少ないと思うんだよなぁ……。

彼女が俺の奥さんになることについては、もうこれはラッキーだな。

優しいし美人だし。

「そこなんですがね。うちは急転直下でいきなり王家になってしまったわけで、どうせ他国からあれこれとうるさく言われるのは確定なんです。そこで創世期は実力主義でいこうかと。統治が長く続けば、旧ブルネン王国、クリーク王国、ドーラ王国、アイワット大公国のような悩みが出てきて、

勝手に国が衰退しますからね。その時の為政者が、同じように実力のある者を登用できるかどうか
で、この新ブルネン王国の寿命も決まるでしょう」

　ルアン様って、若いのに随分と達観しているなぁ……。

　歴史好きな面もあるのかな？

「だから、たとえ元の身分が低かろうが、他所者だろうが。ようは実績が出せる人を優遇します。オイゲンさんをこの国の統治に直接関わらせると錬金物が足りなくなるので、公爵位は見栄えのいい飾りだと思っていただければ」

　見栄えのいい飾りかぁ……この新王はまだ若いのに言うことが凄いな。

「私の新王への即位式典とリリスとの結婚式。さらに、オイゲンさんの公爵への任命。姉上との結婚式。他の貴族たちの任命式も同時にやりますから。経費と時間の削減ですよ」

　今時の若い子って感じで、ルアン様にはジェネレーションギャップを感じるな。

　こういう時に、伝統とか、しきたりとか、お小言を述べ立てる大貴族たちは超巨大飛行船の墜落で消えてしまったし、敗戦国の貴族の言い分なんてルアン様は無視するだろう。

「じゃあ、明日はお願いしますね」

「明日ですか？」

「とにかく忙しいので、早く済ませる予定です。ああ、あとリリスが早くウェディングドレスを着たいそうで。私も楽しみですね」

　そして、いつの間にかリア充だから政略結婚の相手とラブラブとか……。

　マリアンヌ様が、自分よりも為政者として優秀だと言うわけだ。

「オイゲン君……。いや、夫殿。よき妻となるべく努力するのでよろしく頼む」

「こちらこそ。こんな錬金しか取り柄がない男を大分庇ってくれたことは理解しています。マリアンヌ様……マリアンヌは優しいから」

俺が他のプライドだけの錬金術師や、俺から搾取しようとする貴族たちの魔の手から逃れられていたのは、マリアンヌが裏から手を回していたからだ。

そうでなければ、俺は下らないことで時間と労力を費やし、最悪この大陸から逃げるように立ち去っていたかもしれないのだから。

「夫殿が私をそう思ってくれたことは嬉しいが、一つ忘れていることがあると思う」

「忘れて？」

「ハイデマリー君たちのことだ。私は身分で割り込んだ形になってしまったから。彼女たちは夫殿がザブルク工房を追い出されてから、ずっと一緒にオットー工房を支えてきた仲間、いやそれ以上の存在のはずだ。私に気を使う必要はないと言っておこう。説明に行ってきたまえ」

「そういうところは姉さん女房だよね？　どっかの国の言葉で『金属の靴を履いて探せ』と言うそうだ」

「そのくらい見つけ甲斐があるということか。夫殿は意外と女性を褒めるのが上手だな」

「たまたまそんな言葉を思い出しただけだよ。では……」

俺は旧ドーラ王国の王城を出て、郊外に着陸している錬金工房飛行船へと戻った。

「おかえりなさい、オイゲンさん」

「マリアンヌ様、なんの用事だったの？」

「もしかして、旦那と結婚してくれ、だったりして」

「あの……それ」

「「やっぱり！」」

気がつかれていたのか……やっぱり女性は鋭いな。

「あれだけ功績をあげれば当然ですよ」

「子供でもわかるね」

「だな」

俺としては、前世のように変に謙って生きたくなかった。

特に、好きになった錬金術ではと思っただけだけど、ザブルク工房を追い出されて二年と経たずに貴族にされるとは思わなんだ。

でも、このオットー工房は閉めない約束となっている。

ルアン様は公的な錬金術を研究する部署は作るそうだが、そこばかりに任せると、先日の超巨大錬金飛行船墜落を阻止できなかった件を思い出すそうだ。

国家が任命する特級錬金術師は、一人は国威を落とさないように無理やり生かされ、もう一人はボケているのに引退させてもらえず、あの超巨大錬金飛行船に太鼓判を押す始末だった。

民間の錬金術師たちと並列させ、競わせた方が利があると思っているのだと思う。

新ブルネン王国が作った錬金術の研究部門のトップは、俺よりも錬金術師としての腕は落ちるが、マネジメント能力は高そうな錬金術師に任せていた。

俺とマリアンヌとの子供が公爵家を継ぐ予定だが、錬金術師になるかどうかは才能次第かな。

才能もないのに無理に錬金工房を継がせたら、ただ不幸になるだけなのだから。

スタリオンみたいに、行く先々で不幸を撒き散らすのもどうかと思う。

そういえば彼は、化粧品と美容品で稼いだ大金を持ってまた上手く他国に逃げ出したそうだ。

　まさに、『憎まれっ子世に憚る』というやつであろう。

　物理的に距離ができたので、もうあいつがどうなろうとどうでもいいけど。

「あの……オイゲンさんはマリアンヌ様と結婚して公爵様になってしまいますけど、このまま従業員として雇ってもらえれば」

「ボクも」

「あたいは、以前にやらかして償いの意味も込めてオットー工房にいるから、このまま置いてもらえればさ」

　やはり、三人とも遠慮してしまっているな。

　三人が俺に好意を持っているのは知っていたけど、やはりエリーに裏切られたショックは大きく、だから俺はなるべく友人兼冒険者仲間兼従業員だという態度を維持し続けたのだと思う。

　でも、それも今日で終わりだ。

「ハイデマリー、メルル、モア。俺と結婚して死ぬまで一緒に工房をやらないか？」

　ちゃんと言い淀まないで告白できたけど、断られる可能性も……。

「嬉しいです」

「やったぁーーーだね」

「あたいだけ除け者じゃなくてよかったぜ」

　ハイデマリーも、メルルも、モアも。

　俺の一世一代の告白を受け入れてくれてよかった。

　自信……こういう時、元日本人は困るのだ。

「俺がザブルク工房を追い出された時。ハイデマリーとメルルはすぐにパーティを組んでくれて。

オットー工房を設立したら従業員としても支えてくれた。モアも経緯はともかく、これまで一緒に楽しくやってこれた。だからこのまま……家族としてやっていけたら。これは幸せなことなんじゃないかなって思ったんだ」

「私もです。私は背が高くて婚約者に破談にされて、メルルがいたから冒険者として楽しくやっていたけど……。でも、喉に刺さった魚の骨のような気持ちも残っていて……オイゲンさんは、私の背のことを気にしないし、女性として扱ってくれて」

「ボクも、この年齢で子供のような身長と体型だからねぇ……。マリちゃんとは逆の意味で気にしていたけど、オイゲンくんとモンスターを狩ったり、魔法陣を頼まれて作ったりしていると気にならなくなって」

「あたいはずっと、親父から錬金術師としてはまだ未熟だって言われ続けてさ。でも、旦那と仕事をしているうちに徐々に腕が上がって、任される仕事も増えて。ここでみんなといると楽しいからさ。だからプロポーズされて嬉しいぜ。親父も喜ぶだろうし。親父は旦那を認めているから」

「はあ……断られたらどうしようかと思った」

「それはないですよ」

「うん、ないない」

「あたいは断らないぜ」

「これで明日を迎えられるな」

明日は、ルアン様とリリス様の即位式と結婚式がある。

ハイデマリーたちは後日に結婚式を……と思ったのだけど……。

「あれ？　このウェディングドレス。前に私が『いいなぁ』って言っていたデザインです」

「ボクもそうで、しかもサイズピッタリ」

「このシンプルなデザインのドレス。あたいも『いつか着てみたいなぁ……』って思ったものだぜ。サイズもピッタリだ」

「ルアンに聞いたところ、面倒なので他の結婚予定の貴族たちも全員一緒に結婚式を行って、そのあとに爵位なり褒美を与えるそうだ。そこで、私がみんなのドレスも用意しておいたよ」

「さすがすぎてなにも言えませんよ、マリアンヌ様」

「ハイデマリー君。確かに私は夫殿の正妻になるけど、一人だけ様づけで呼ばれるのはどうかと思うんだ。ああ、あと。不幸にも軽い神輿にされて命を落としたマリアンヌ王女と同じ呼ばれ方もどうかと思ってね。私のことは『アン』と呼んでくれ」

「アンさんですね」

「……さんもいらないけど……」

「そこはおいおい慣れていきますので」

「そうか。では、新ブルネン王国国王即位式兼結婚式の始まりだ」


翌日。

本当にルアン様は即位式と合同結婚式を実行してしまった。

俺の錬金工房飛行船の甲板を会場にして、急速に国が拡大したので、国内中を船で回りながらルアン様が国王に即位し、リリス様が王妃になることを国民たちに知らせていく。

俺の公爵への任命と、マリアンヌじゃなかった……アンとの結婚と、ハイデマリー、メルル、モアも俺の妻として紹介された。

他のロイエンタール家家臣たちも貴族に任じられたり、一緒に結婚式を挙げたりと。

全部一緒にやったので規模が大きくなったため、大陸を統一……商人連合も正式に新ブルネン王国に服属したから、この大陸から他国が消えて結果的に統一したことになってしまった……した新国家の誕生、新王と王妃の結婚、活躍した者たちへの褒賞と。

滅亡病の流行以降世相が暗かったので、久々に人々に明るい笑顔が戻ってよかったと思う。

「陛下、新ブルネン王国の王都は、やはりオーパーツの城を再建するのですか？」

「いや、オーパーツの北、今は無人の海岸地帯に新しい王都を築く。みなの者のますますの働きを期待する」

オーパーツの王城跡地に船を降ろして始めたパーティーの席で、ルアン様がとある貴族の問いにそう答えていた。

合計三ヵ国と商人連合もあるので、位置的にも規模的にも、オーパーツだと手狭というわけだ。

新しい王都を作り、経済対策にもしたいのだと思う。

「オットー公爵の働きにも期待している」

「お任せください」

新王都かぁ……。

予定地は瘴地なので、色々と必要になるであろう。

俺は公爵になったけど錬金術師なので、できる限り錬金物の注文に応えなければ。

なぜならそれが、俺の仕事なのだから。

第七章　やはり覆水盆に返らず

「アン、一つ聞いていいかな？」

「なにかな？　夫殿」

「なぜメイド服？」

「気に入ったのだ。子供の時も、当主の時も、自分が着るわけにいかなかったのでね。今は服装が自由というのも素晴らしい」

「気に入ったのなら別に構わないけど……似合ってるしね」

　俺は無事にアン、ハイデマリー、メルル、モアと結婚したが、今は色々と忙しいし、急に結婚したのでまだ新婚旅行には行っていなかった。

　この世界にそんな風習はないそうだが、そのうちこの錬金工房飛行船であちこち出かけるのもいいかもしれない。

　いまだオーパーツの復旧はならず、郊外に置いた錬金工房飛行船の中でティータイムを楽しんでいると、そこにメイド長のポーラさんがなにやら報告しにやって来た。

　オットー公爵家になっても、アンが加わった他はオットー工房時代と特に大きな変化はなかった。

　船の警備はゴーレムたちができるし、メイドもポーラ三姉妹で十分だからだ。

　三人ともすでに孫がいる身なので家族に手がかからず、新たに住み込みで働いてくれるようになったくらいかな。

「お館様、変な母娘が訪ねてきていますけど」

「母娘？」

なんか嫌な予感がするなぁ……もう忘れていたのだけど……。

「前にさ。アンが追い出したよね？」

「追い出したな。しかし、あの時と今では夫殿の身分は雲泥の差になっている。ますますあの母娘の身勝手な要求など通らないさ」

「どうしますか？　オイゲンさん」

「あたいが言ってやろうか？」

「いや、俺が自分で追い出そう」

エリーとフラウさんの件は、俺の不始末だ。

どうせ愚にもつかない謎理論で俺になんとかしろと言ってくるはずだが、それをアンたちに聞かせるのも忍びなく、俺が自分でケリをつけた方がいいだろう。

「ポーラさん、案内してください」

「わかりました。こちらです」

ポーラさんの案内で船の船体下部についている扉の前まで行くと、そこにはエリーとフラウさんがいた。

スタリオンに騙されてすべての資産を失い、滅亡病のせいで発生した不景気でさらに貧しくなったようで、ザブルク工房時代に比べるとかなりみすぼらしい服装をしている。

アクセサリーも着けず化粧もしておらず、そんなお金はないのだろう。

「エリー、フラウさん。なんの用事かな？」

「あなたは、今の私たち見てなんとも思わないの?」

「別になんとも思わないけど」

だって、すべて自分たちの愚かさが招いたことだからだ。

我が師ボルドーの妻と娘なのに、錬金術師の実力を見抜けずにスタリオンと浮気をし、俺を無能だと言って追い出した結果がこれなのだから。

師匠には悪いが、我が師ボルドーの妻と娘だからこそ余計に腹が立つ。

この二人は、錬金術師としての才能がないのならせめて工房の経営に携わればよかったのに、全部他人に丸投げして毎日働かずに暮らすことしか頭になかった。

そんな状態で俺を追い出したので悪党であるスタリオンに工房を奪われてしまい、同情の余地もない。

「師匠の錬金術の精神は、俺の心の中にある。そこにあんたらの付け入る隙はない。一度失敗したのだから、そこは改めて地道に暮らしてくれ」

とは言いつつ、俺はこの二人は使用人として雇うのも嫌だなと思ってしまった。

「オイゲン……確かに私には錬金術の才能はないわ。でもね。私とオイゲンの子なら、優れた錬金術師になるはずよ。別に妻にしてくれとかそういうことではなくてね……私がオイゲンの子供を産んであげる」

「私もまだなんとか子供が産めるはずよ」

「……」

呆れてものが言えないな。

どうしてスタリオンなんかに靡(なび)いた母娘に、俺が女性として好意を持つと思っているのか。

どうにかして俺の子供を産んで、その子を出汁(だし)に豊かな生活を送りたいだけだろう。

『貧すれば鈍する』とはよく言ったもので、こんな提案を俺が受け入れると二人は本気で思っているのであろうか？

「あなたたちよりも、妻たちの方が錬金術師としての素養がある子を産む可能性が高いはずだ」

フラウさんもそうだが、エリーの弱点は魔力量が少ないことで、これは遺伝なんだろう。

我が師ボルドーの魔力量を受け継がなかったのだ。

前に師匠から聞いたことがあるが、フラウさんとの結婚を大分周囲から反対されたそうだ。

それでも強引に結婚してエリーが生まれたそうだが、やはり魔力量が少なくて錬金術師になれなかった。

せめて魔法使いとしての素養があればな。

錬金術師は、男性の方に資質が出やすい傾向にあるから。

「妻たち？　先日の合同結婚式で……でも、マリアンヌ様はともかく、ハイデマリーやメルルは同じ平民でしょう？」

「同じ平民？　もう二人は公爵夫人だ。随分と失礼な物言いだな」

さらに言えば、エリーよりも圧倒的に魔力量は上だ。

俺たちは今でも、モンスターを倒して魔力量を増やしているからだ。

元々才能があったというのもあるし、子供の才能云々(うんぬん)で言えば、二人との子供の方が魔力量は期待できた。

魔法使いとしての才能も得るはずで、でも俺はそんなことは気にしないけど。

「もう一人の妻は錬金術師だ。それなら、彼女が産んだ子供の方が錬金術師としての才能が出やすいという話になるじゃないか」

「かっ、隔世（かくせい）遺伝で才能が出るわよ。きっと」

「そうよ！　エリーの言うとおりだわ」

かもしれないけど、俺は別にそんな理由でエリーを受け入れるつもりはなかった。

「もういい加減にしたらどうかな？」

「あなたは！　男女！」

おいおい……アンは王様の姉なんだけどなぁ……。

不敬罪で首をなくしたいのか？

それに今のアンは男装をやめており、男装していた時からエリーよりも美人に見えたのに、今となっては……。

困窮したエリーがみすぼらしいのも手伝って、余計に両者の差は大きかった。

「君たちの目が節穴で、夫殿を追い出して他の男に靡いたくせに、その男に捨てられたから元の関係に戻りたい？　君たちは私の夫殿をバカにしているのか？　すでに夫殿は、君たちの父親で夫でもあったボルドー氏よりも優れた錬金術師だと評価されている。曲がりなりにも、錬金術師の妻と娘がそれを見抜けず、スタリオンのような詐欺師に心酔したんだから、落ちぶれて当然だと思うね」

「オイゲン！　今のあなたがあるのは父のおかげでしょう？　少しは恩を返そうと思わないの？」

「そうよ、いくら公爵様でも不義理はよくないわ」

相変わらず愚にもつかないことばかり思いつくな。

俺の師匠への恩は、とっくに返している。

お前たちが、それを間抜けにもスタリオンに奪われただけじゃないか。

「オイゲン、私はあなたと婚約していたのは事実よ！　その思い出に免じて！」

「思い出？　そんなものはないけど……」

確かに俺とエリーは婚約していたが、俺は日々の仕事に忙しく、たまの休みもエリーは母親とばかり遊びに出かけて、俺はエリーと二人でデートしたことなどほとんどなかった。

それに今となっては、ハイデマリーたちと遊びに出かけた思い出の方が印象深く、エリーとの思い出は大分記憶が薄れている。

婚約者ではあったけど、俺とエリーはただ同じ工房に住んでいただけだった。

しかもほとんど住居の方にいて、工房のことにはまったく関わらない。

今にして思えば師匠もそのことを二人に注意せず、錬金術師ではない妻と娘に甘かった……それが結果的に今の二人の苦境を生み出しているとは皮肉な話だ。

「師匠の死で、俺とエリーたちとの関係は終わっていたんだ」

俺がどうして、そこまでザブルク工房のために働いたのか。

我が師ボルドーへの恩返しもあるが、錬金術のことを学ぶのに最適だったからだろう。

ほぼ休みなく働き、だがそのことに二人が労い（ねぎらい）の言葉をかけることは一度もなかった。

でもそのことを、俺は嘆かわしいとか、恩知らずだとか、あまり思わなかった。

スタリオンに籠絡（ろうらく）された二人に工房を追い出された時、未払い賃金や退職金のことは惜しいと思ったけど、すぐにメルルとハイデマリーと一緒に仕事ができて、それでよかったと思ってしまったのだ。

「もう終わったことなんだ。俺とエリーはとっくに婚約を解消していて、ザブルク工房も、オーナーである二人がその維持をサボったからああなった。師匠の技は俺が引き継ぎ、発展させていく。

「ただそれだけだ」

「オイゲン！　その錬金術の使用料を支払いなさいよ！」

「そうよ！　少なくとも十億シリカは譲れないわ！」

「こいつらは、なにを言っているんだ？

錬金術師の技術やレシピに使用料、著作権料、特許料なんて存在しないというのに……。

だから特別な契約でもなければレシピは秘匿するし、他の錬金術師が使うとなると、ある程度の改良が必要になる。

そのためスタリオンは、師匠の残した錬金レシピや研究ノートを役立てられなかった。

それを手に入れても、役立てられるかどうかはその錬金術師の才能と努力次第なんだ。

「君たち、もういい加減にしたらどうだい？　そんなわけのわからない請求が本当に通るとでも？商業ギルドに訴えても鼻で笑われて終わるだろうし。君たちはザブルク工房のオーナーだった時に、追い出した夫殿に給金と退職金を支払っていない。その訴えは商業ギルド全体で共有されているから、まずはそれを支払ってからの話だと言われて終わるけどね」

そんなこともあったな。

ザブルク工房を追い出されてすぐ、ちゃんと正式に訴えておいてよかった。

この二人は札付き扱いなので、自分たちからはなにも訴えられない。

そもそも、その訴え自体が世間に通用しないものだからな。

「「……」」

「もう気が済んだかな？」

アンが二人に尋ねたが、無言のまま俯いていた。

さらに俺とアンの様子が気になったのかハイデマリー、メルル、モアが姿を見せ、エリーとフラウさんに言葉を続けた。

「ザブルク工房のオーナーだったくせに、誰が主力だったのか理解できないまま追い出して、賃金と退職金ですら未払いで。あんたら、商業ギルドで相手にされないぜ」

「それは……ねえ、メルル！　未払いの賃金と退職金を貸して！　そうすれば、私の訴えを商業ギルドは聞いてくれるわ」

「そうね！　全額は無理でも和解すればお金が出るから、そうしたら確実にお金は返すわ」

「「「「……」」」」

俺たちは、開いた口が塞がらなかった。

なにをどうすると、そんな言い分が通用すると思ったのであろうか？

どうやらよほど困窮しているようで、だからわずかでも可能性があると思えば、こんなバカなことも口にしてしまうのだろう。

「ハイデマリー、あなたは神官じゃない。困った人を助けるのが仕事だと思うわ」

それでも駄目なら、ハイデマリーの優しさに付け込もうというのか。

よくもまぁ、そんなしょうもないことばかり思いつくものだ。

「確かに困っている人をできる限り助けるのが、神官の仕事でもあります」

「ねっ、そうでしょう。お金を貸してくれるのね。さすがは私のお友達」

「いいえ、あなたにお金は貸しません。もし貸すにしても、それは疫病や戦乱で困っている人たち、自分ではどうにもできない理不尽に見舞われた不幸な方々が最優先です。エリー、あなたはザブルク工房の娘として生まれ、ボルドーさんに可愛がられて学校にも通っていた。教会の学校は無料で通えるけど、そんな時間があれば働けと親から言われ、いくら教会が注意しても、子供を学校に通わせない家なんて沢山あるのよ。そこで得た知識で、たとえ錬金術の才能がなくても、裏方としてザブルク工房を支えもしなかったし、工房の経営状態にすら興味を持たず。オイゲンさんは優しいから、ザブルク工房の借金を返して蓄えまで作ったのに。それをすべてスタリオンに奪われて。同情の余地もないわ」

「そんなのは嘘よ！　オイゲンはザブルク工房の資産を横領したの！　その賠償(ばいしょう)をしてもらわないと困るわ！」

　俺がザブルク工房の金を横領？

　工房の借金のせいで、随分と細(ささ)やかな給金で働いていたのだけど……。

「ボルドーほどの錬金術師が借金なんておかしいもの。きっと、オイゲンが帳簿を誤魔化したのよ！」

　なるほど、スタリオンにベッドの中でそう言われたのか。

　フラウさんも、錬金術に関しては無知もいいところだからな。

「フラウさん、確かに師匠は稼いでいたけど、その収支はかなり危うかったんですよ」

　優れた錬金術師には二種類存在する。

「なるべく利益率の高い錬金物を量産して荒稼ぎするタイプと、常に新しい錬金物の開発に挑むタイプ。師匠は後者だった。あなたたちは毎月決まった生活費を貰うだけで、工房の帳簿なんて見たことがないだろうけど、師匠は常に新しい錬金に挑んでいた」

　それも、かなり難易度の高いものばかりだ。

　当然材料費は嵩み、失敗すればそれはゴミと化す。

何度も失敗すれば、その月の収支がマイナスになることだってあったのだ。だから尊敬されたんだ。ただ、亡くなったタイミングが悪かった……」

新しい錬金物を作ろうと、高価で特殊な素材を大量に仕入れたあとだったのだ。

師匠の葬儀が終わってから現状を把握したが、そのせいでろくに工房の現金は残っていなかった。

「さらに悪いことに、師匠が急死した騒ぎで錬金庫に仕舞うのを忘れてしまった素材もあった。当然大損害が出て、ザブルク工房は借金から始まったんだ」

手堅く利益を稼げる錬金物の量産をしつつ、エリーとフラウさんの生活費を用意し、借金を返す。

次第に余裕ができたので新しい錬金に挑み、失敗したらまたやり直し。

錬金が沢山できるように魔力量を上げるため、時には冒険者としてモンスターを狩った。

三年間ほとんど休まずに努力を続け、ある程度ザブルク工房に蓄えができたのに、それを無にしたのはエリーとフラウさんだ。

あまりに愚かすぎて、正直なところもう二度と関わりたくない。

「すでに、俺と二人の人生は大きく道を違えた。もう二度と会わない方がいい」

それが、お互いの幸せのためってものだ。

「幸い、この国は復興から大きく成長しつつある。仕事は探せばあるから、食うには困らなくなるはずだ」

「ふざけないで！　私に働けっての？」

「そうよ！　私はあの偉大な錬金術師ボルドーの妻なのよ！　弟子であるあなたには私たちを養う義務があるのよ！」

二人のあんまりな言い分に、俺は開いた口が塞がらなかった。

もしエリーと結婚していたら、俺はこの二人を養い続けていたのか……。

ザブルク工房を追い出されてよかったと、今心から思っている。

スタリオンですら、この二人には心底呆れたのかもしれないな。

「か弱い女性を働かせるなんて！」

「私たちは、男性に養われる権利があるのよ！」

そんなものないと思うけど……。

「私たちは全員働いていますよ」

「ボクも働いているけどね」

「あたいも」

「私もだ。これでも以前はかなり責任のある仕事をしていてね」

「まあ、アンはそうだよね」

「とはいえ、今もちゃんと夫殿を手伝っているぞ」

この世界では、働いている女性の比率は意外と高かった。

それだけ貧しいとも言え、エリーとフラウさんが専業主婦と家事手伝いでいられたのは、師匠が稼いでいたからなのだ。

師匠が急死しなければ、二人はずっと働かずに過ごせたかもしれず、それは逆に不幸なことかもしれないけど。

同時に俺は、師匠も完全な人間ではないのだと思い知った。

優れた錬金術師が、必ずしも優れた父親や夫ではない。

そんなことは当たり前なのに、俺は今それに改めて気がついたような気持ちになっていた。

「ねえ、ハイデマリー、メルル。私たちは友達じゃないの。三人でまた仲良く暮らしましょう」

「エリー、私たちは知り合いではあるけど、それだけで友人ではないわ」

「知人程度だよね」

優しいハイデマリーにしては、かなり突き放すなと思った。

同じ教会学校に通っていただけで友達認定するエリーもおかしいのだけど。

「エリー、あなたは覚えていないの？」

「なにを？」

「私が背の高さのせいで婚約を破棄され、地元の教会を離れて冒険者になると決めた時。町中で出会ったわよね。あなたは買い物をしていて、噂でも聞きつけたのか、私を見つけるなりこう言ったわ。『あなたは私と違って可愛気がないから婚約を破棄されたのよ』ってね。その後あなたは自分でオイゲンさんとの婚約を破棄し、スタリオンと結婚して捨てられた。あなたこそ、可愛気がなかったのね」

「ハイデマリー！　あなたは！」

「エリー、勘違いしないで。私もメルルもたまたま同じ教会学校に通っていただけで、あなたとは別に友達ではなかった。あなたは、ボルドーさんが亡くなってもザブルク工房をオイゲンさんに任せて、貰った生活費でノンビリ暮らしていただけ。それなのにオイゲンさんを裏切って、よく助けてくれなんて言えるわね。もうこれ以上聞くに堪えないわ。ここから出て行って」

「なによ！　あなたにそんな権利なんてないわよ！」

「あるさ。ハイデマリーは俺の妻なんだから。で、エリーは俺の元婚約者で今はなんの関係もない。

諦めて働くんだな」

　母娘で働けば、食べるくらいはできるはずだ。

　師匠、俺、スタリオンと、なにも考えずに寄りかかって暮らしていた罪だ。

　死ぬまで働くがいいさ。

　俺も死ぬまで働く予定だしな。

「この恩知らず！」

「そうよ！　亡くなった夫のおかげで、あなたの今の生活があるのに！」

　確かに今の俺があるのは、師匠が俺に惜しみなく教えてくれたからだ。

　だが、エリーとフラウさんにはなんの恩もない。

「いい加減にしたらどうかな？　この前みたいに逃げ帰るがいいさ。それも無理かな……」

　アンがそう言ったのと同時に、さらに来訪者があった。

　彼らは警備隊の兵士たちで、どうやらエリーとフラウさんに用事があるようだ。

　二人を囲んで逃がさないようにしていた。

「届けが出ている。お前たちを窃盗の罪で拘束させてもらう」

　どうやらこの二人、困窮して盗みまで働いたようだ。

「待って！　私はオットー公爵の妻なのよ！」

「私はオットー公爵の義母よ！　そんな私たちを拘束なんてして！　あとで処罰してもらうわ！」

　まさかの言い分に、警備隊の兵士たちは一斉に俺とアンに視線を送った。

「妄言だよ。オイゲン・オットーの妻は、この私と、ハイデマリー君、メルル君、モア君の四名のみだ。盗人は遠慮なく捕らえてくれたまえ」

「了解しました！」

警備隊の兵士たちは、あらためてエリーとフラウさんを拘束した。

もう逃げられないだろう。

「刑罰はどんなものなのかな？」

俺は刑法には詳しくないんだよなぁ……。

「はっ、今この国には色々と仕事がありますので、我々の監視の下で、王国経営の農場で強制労働です。被害額を弁済するまでは出られません」

たとえ犯罪者でも、人手が欲しいわけか。

ルアン様らしい、非常に効率的なやり方であった。

「食うに困らないでよかったじゃないか。今度こそちゃんと働くんだね」

「オイゲン！　助けてよ！　私は！」

「『元』婚約者だろう？」

「連れていきたまえ」

「はっ！」

警備隊の兵士たちは、二人を拘束して連行していった。

「オイゲン！　私を助けてよ！」

「お金持ちなんだから、少しくらいいいじゃないの！　この人でなし！」

最後まで二人は俺を罵（ののし）っていたが、どうにも居た堪れなくて彼女たちと目を合わせられなかった。

「二人とも、自業自得だからな……」

これでよかったんだと思う。

「夫殿が気に病むことではないさ」

「そうですね。本当に自業自得としか言いようがないので」

「オイゲンくん、よしよし」

「旦那、気にするなよ。あたいが慰めてあげるからさ」

「そうだな、もうあの二人は俺と関係ないのだから……さあて、今日も頑張って錬金をするか」

「最近、私の手伝いも少しは様になってきたみたいだからね。覚えることが多くて、この生活は案外楽しいものだよ」

「移動魔法陣(トランスファーサークル)の注文が多くて、ボク大忙し」

「治療薬もですね。注文が大量に入っています」

「他にも色々と沢山注文が入っているからな。頑張ろうぜ、旦那」

「じゃあ、今日も頑張って働きましょう」


元ロイエンタール辺境伯であるアンも従業員に加わり、四人と結婚した俺は、今日も大量の注文をさばくべく、工房へと働きに向かう。

そんな俺の名は、オイゲン・オットー。

前世の記憶がある錬金術師である。

あとがき

BKブックスでは二度目の挨拶となります。自称なろう作家のY．Aです。

なんと、「婚約者に裏切られた錬金術師は、独立して『ざまぁ』します」の第二巻を出版させていただくこととなりました。

こちらの作品はコミカライズ版の連載も大変好評でして、こちらの第2巻も同時発売となっておりますので、両方を購入していただけたらありがたいです。

婚約者に裏切られすべてを失ったものの、身に付けた錬金術の腕前で成り上がって、ヒロインたちと結ばれる主人公。

そして主人公を追い出してすべてを手に入れたはずがなかなか上手く行かず、失敗を誤魔化すために逃げ出し続け、周囲の人たちを不幸に導くスタリオン。

この二人の生き様を、怒涛の展開と共に読み比べていただけたらと思います。

早くすたひろ先生のコミカライズ版で見てみたいですね。

最後に、素晴らしい漫画と小説版のイラストを描いてくださったすたひろ先生と、担当のI氏、ぶんか社のみなさまに感謝しつつ、あとがきの挨拶とさせていただきます。

BKブックス

婚約者に裏切られた錬金術師は、独立して『ざまぁ』します2

2023年6月20日　初版第一刷発行

著　者　Y.A（わいえー）

イラストレーター　すたひろ

発行人　今 晴美

発行所　株式会社ぶんか社
〒102-8405　東京都千代田区一番町29-6
TEL 03-3222-5150（編集部）
TEL 03-3222-5115（出版営業部）
www.bknet.jp

装　丁　AFTERGLOW

編　集　稲垣 法音（株式会社ムーンエイジ）

印刷所　大日本印刷株式会社

ISBN978-4-8211-4662-8